# 欠踹的背影

綿矢莉莎

涂愫芸——譯

KERITAI SENAKA

孤寂發出鳴叫，有如高亢清澈的鈴聲，刺痛了耳膜，讓我的心糾結起來。我於是用手指將講義撕成長條狀，撕得又細又長，用紙張刺耳的撕裂聲來掩蓋，不讓周遭聽見孤獨的聲音，卻也更彰顯了我的無精打采。瞧你們興奮喧鬧地看著微生物（苦笑）——這是葉綠體？水蘊草？哈。——我可不想加入你們，因為都已經是高中生了嘛。嗯，我用眼角餘光看著你們，漫不經心地撕著我的講義，只覺得煩悶。

黑色實驗桌上有座紙屑山，撕得像壽麵般細長的紙屑又向上堆高了一層。越堆越高的紙屑山，是我孤獨的時間凝縮成的小山。

等了很久還是輪不到我看顯微鏡，同班的女生們在開心的嬉戲笑鬧中，輪流使用顯微鏡。當她們走動或嬉鬧時就會掀起漫天飛舞的微塵，在從窗戶灑落的陽光中閃閃發亮，看起來好美。這種風和日麗的好天氣，想必顯微鏡也看得很清楚吧。顯微鏡的反射鏡不斷啪嘰啪嘰地將陽光彈回，灼傷了我的眼睛。我好想把黑色布簾全部拉起來，讓理科教室一片黑暗。

今天要做實驗，所以隨便找位子坐，五個人一組。老師輕輕鬆鬆的一句話，頓時讓理科教室陷入不尋常的緊張中。沒有一個人是聽到「隨便找位子坐」，就真的隨便找位子坐。大夥不是瞬間做縝密計算——五個好朋友湊在一起——就是不得不補足人數，彼此尋找能相互對上眼的視線游移同志，編組成一個集團。怎麼樣的視線會纏繞在一起，我隨便想都知道。現在是六月，進高中還不到兩個月，恐怕只有我能將班上的交友關係做成關係圖，然而，我自己本身卻不在這個關係圖中。連唯一的依靠絹代都捨棄了我，害得我在老師問有沒有人落單時，不得不悲慘地舉起手來。早知道就用嘴巴回應了。眼睛四處張望，默默將手舉至臉部位置的我，看起來一定很像妖魔鬼怪吧？另一個多餘的人，也同樣舉起了卑微的手，顯得好無辜。這一舉手證實了一件事，那就是在班上還沒交到朋友的人，只有我，跟另外這個男生蜷川。

因為人數關係，不得不收容我跟蜷川的女生三人組，很理所當然地把剩下來的脆弱木造椅子推給了我跟蜷川。正確來說，應該是椅子很自然地出現在我們面前，而不是她們刻意分配的。多餘的東西本來就該配給多餘的人，這不是霸凌，是很自然的一件事；因為就是那麼登對、那麼速配，沒辦法。椅子的靠背與腳部的黑色塗漆已經斑斑駁駁，露出木頭原色。橘色坐墊部分也被蟲咬得千瘡百孔，跟其他人坐的鋼管椅比起來，簡直老舊到沒有資格再稱為椅子。稍微動一下，椅子的四隻腳就像洋芋片被咬碎般，發出啪哩啪哩的傾軋聲。所以我只能悄悄地轉動我的脖子，瞄著身旁坐在跟我同類椅子上的另一個多餘的人。

他避開老師的視線，看著膝蓋上攤開來的雜誌，打發時間。不，他沒有在看，只是擺出那種姿勢而已。因為他的表情黯然，沒有特定焦點的虛幻眼神，從頭到尾只落在同一頁上。

每當班上同學開懷大笑，或老師要同組成員合作畫素描時，我們就一歲一歲地老去。所以不得不靠看雜誌或撕講義來填滿空閒的時間，使盡氣力防止快速老化。

可是，他有點奇怪。我不知道到底哪裡不對勁，總之一直盯著他看，就會像咬到味噌湯中沙子沒吐乾淨的蛤蜊，瞬間竄起一陣突兀感。搞不清楚原因，就是覺得奇怪，到底是哪裡不對勁呢？

啊，對了，是他看的雜誌很奇怪。封面是挑起單邊眉毛，往我這裡直瞄的女模特兒放大照，標題還是「用casual的夏季小飾物GO！」——這不是女性雜誌嗎？他看的竟然是時髦的粉領族愛看的雜誌，而且，還是在上課中堂而皇之地敞開來看。

真是敗給他了。

跟敢在課堂上一個人翻閱女性時尚雜誌的男生相比，我的撕講義簡直不值一提。撕著沒有用的講義的我，只是一臺人類碎紙機。他究竟知不知道，班上同學看到他這種行為，會覺得他有多噁心啊？

我兩手抓著椅子坐墊背後，屁股緊緊黏在椅子上，像蝸牛一樣，連人帶椅靠近他，把雜誌看個仔細。沒錯，果然是女生看的時尚雜誌。穿著無袖清涼夏服的模特兒們，各自擺出了豔麗的姿態。不知道有沒有發現我就在旁邊，他還是弓著背，動也不動地看著同一頁，呈現靈魂出竅狀態。

「這種雜誌好看嗎？」

蜷川抬起頭來，那張臉令我驚愕。好長的劉海；如同整瓶醬油潑灑在頭上般又重又黑的過長劉海深處，隱約可見充滿警戒的發光眼睛。因為看不見眼睛而被突顯出來的半開嘴巴，露出排列不整齊的尖銳牙齒。蜷川不發一語，不但再次弓起背來，更聳起兩肩，企圖避開我，繼續看他的雜誌，彷彿我完全不存在。我都已經移動位子來到這裡，卻被他如此冷落，讓我進退兩難。只好從他後面，漫不經心地瞄著他看的雜誌。瞄著瞄著，突然看到一個熟悉的笑容。

「啊……」

我見過這個人。國一時，我曾見過這個在雜誌中，穿著緊身牛仔褲，舒服地伸著懶腰的模特兒本人。能在這個城市碰到模特兒這樣的名人是很稀奇的事，所以見到她後，我特別買了有她照片的雜誌，指著她的笑容向班上同學炫耀。現在，我就像當時一樣，用食指指著她的笑容。

「我在車站前的無印良品見過這個人。」

蜷川猛然轉向了我。椅子的主人動起來，椅子的腳立刻發出碾碎百力滋餅乾般清脆的聲響。

「妳看錯人了吧？」

「不可能。她長得很像混血兒，我記得很清楚。」

她鼻子高挺，臉部線條如雕刻般深邃清晰，眼睛卻是日本人獨特的單眼皮。我絕對忘不了那張有個性的臉龐。

「我們市內不是有棟像大洋館的市政廳嗎？她說她是去那裡拍雜誌用的照片。」

蜷川深深嘆了一口氣，彷彿把靈魂都吐出了軀殼。隨後一隻手揪住前面的劉海，抱住了頭。難道是我說了什麼不該說的話？

「蜷川、長谷川，不要玩哦。」巡視各組的老師走過來了。

「考試時會出要畫微生物的題目，所以要調節顯微鏡倍數，把細部都看清楚哦。還有，課本第二十三頁原核生物的放大照也要仔細看。」

老師離開後，蜷川把瞬間塞入桌底下的雜誌放入書包中。然後拿出課本，打開第二十三頁，開始在課文中猛劃紅線。一行、兩行、三行，整頁逐漸被染成了紅色。我真不知道第二十三頁有這麼多重點呢。

「滿江紅了啦。」我頗感震撼地喃喃說著，只見線條突然大幅歪斜。蜷川的手顫抖著，墨水從承受強烈壓力的筆端滲出來，在課本上形成圓形的紅漬，接著逐漸擴散開來。紅色墨漬怎麼看都像鮮血，我想我最好不要再跟他有任何瓜葛。

拿起椅子，我飛也似的快步撤離，越想越氣自己莫名其妙的同伴意識，還有行動怪異的蜷川。

回到自己的座位時，堆積在桌上的紙屑山已經不見，只有周遭地板上留下的斑斑白點。是從窗戶吹進來的風席捲紙屑山，把紙屑吹落了一地。我趕緊彎下腰來撿紙屑，可是正要撿起紙屑時，夾帶著理科教室水槽腥味的風又從窗戶灌了進來，颼地吹走了紙屑。為了撿拾四處竄逃的紙屑，我像青蛙般壓低身子跳躍，跳掉了所有的疲憊鬱悶，卻只覺得煩躁，做什麼事都不順心。

好不容易把撿起來的紙屑統統堆放在桌子上，為了不再讓風吹走，我趕緊趴在桌上，像母鳥守護著鳥巢般，用手臂環抱著紙屑山，臉部被紙屑的邊角搔得好癢。我將一側耳朵貼在有槳品味的桌上，閉上眼睛。霎時，從桌子傳來鉛筆芯描繪水蘊草時，透過紙面與桌面碰撞出的叩叩聲，震響著我的耳膜。其他還有顯微鏡嘎喳嘎喳移動的聲音、說話聲、開懷的笑聲。但是，我有的只是紙屑與寂靜。雖然使用的是同一張桌子，這裡跟對岸卻有這麼大的差別。然而我知道，那一堆人開懷大笑的對岸，也會有讓人覺得喘不過氣來的時候。

下課鐘聲喚醒了我。張開眼睛時，白色的東西遮住了視線，害我看不見前方。原來是因為我在碎紙堆中沉沉睡去，所以額頭上黏著講義的碎紙條。我眨一下眼睛，睫毛碰到紙條，被額頭油脂吸住的紙條無聲無息地飄落下來。

紙條掉下來後，我看到有雙眼睛在我眼前。是跟我一樣把臉部貼在桌上的蜷川，正用空洞的眼睛望著我。

那張臉微微顯露出了死相，真的微微顯露出了死相。

「好了別說了，我知道啦，妳快點抄觀察筆記，今天四點以前要交呢。」

「可是，我真的忘不了那張臉……所謂瞳孔放大，八成就是指那種狀態，眼球黑到不行呢。」

「蜷川是日本人，眼球黑很正常啊。」

不是啦，我是說他那雙看似望著我卻沒看到我的眼睛，沒有半點生氣。假設人類是會有生命電流流通的生物，活得越神采奕奕的人，眼睛就會越燦爛明亮，那麼，蜷川的眼睛就是徹底停電了。

「還有，蜷川邀我去他家。」

「為什麼?!」

「我也想問啊。他突然來跟我說，今天下課後來我家。我抗拒不了他的眼睛，就點頭答應了。應該不會怎麼樣吧？」

「他說不定喜歡上妳了哦。」絹代說得很輕鬆，一副事不關己的樣子。

「連國中朋友都拋棄我了，他怎麼可能會喜歡我這樣的人？」

「妳又突然說這種話了。」

絹代難堪地沉默下來。說難堪嘛，她好像又很享受這種難堪的氣氛，把嘴角彎成貓嘴般的形狀。

「對不起嘛，我臨陣倒戈。可是沒辦法啊，多妳一個人，我們那一組就有一個人要去其他組了。」

她說臨陣倒戈時的輕率語氣以及聳肩的動作，惹惱了我。上高中後開始化妝的絹代，眼皮上的白色眼影塗得太濃，一眨眼就變成小鳥般的白色眼睛。國中時那頭烏黑的秀髮，也染成了不會被老師發現程度的褐色，就是大家口中的「畏畏縮縮染」。

「幹嘛自豪地說什麼臨陣倒戈嘛，起碼要說『在緊要關頭拋下妳，真對不起』。」

我用手指彈弄她用橡皮筋綁起來，像麻雀小小尖尖的尾巴般的頭髮。

「……在緊要關頭拋下妳，真對不起。」

「『拋下妳』的語氣太清脆響亮，聽了就生氣。接下來說『在緊要關頭背叛妳，真對不起』……」

「要開始玩牌啦，絹代——」

我回過頭，看到正在教室角落向絹代揮手的「絹代死黨們」。他們之中，最醒目的是高個兒但有點橫向發展，一頭烏黑長髮編得像藝術品那麼複雜的女孩。聽說是吹奏樂社團成員，看起來的確很有肺活量，我想再大的管樂器她大概都能吹吧。她的旁邊，是當其他學生都換上短袖襯衫時，還是一個人穿著長袖襯衫，梳著娃娃頭的奇妙女孩。另外兩個男生躲在她們背後看著我們，一個是加入了棒球社，說起話來搞笑、輕浮，視線卻老膽怯地四處飄移的瘦弱平頭男生；一個是動不動就大聲嚷嚷，愛耍流氓的男生。他們的體型、臉部氣質參差不齊，就像把各類雜草綁成了一束。絹代用嬌滴滴的聲音回答他們：「馬上來了——」

「沒關係，生物課時我都沒理妳，但現在可以讓妳加入我們。妳快點寫完觀察筆記，跟我們一起玩牌吧。」

「跟那些人一起玩？」我發出輕蔑的笑聲。

「別再鬧彆扭啦。」

「我才沒鬧彆扭呢，完全沒有。」

絹代不理睬我，很滿足地看著自己的小團體。

「我一直很嚮往男女混合的小團體呢～」

「的確是男女混合，只是看不出哪個是女的哪個是男的。」

我快速畫出了他們的肖像畫，而不是水蘊草的細胞。畫一個人花不到五秒鐘，可是清楚掌握了特徵，所以畫出來後，維妙維肖到我都有點可憐他們。我拿給絹代看，她默默笑著，把紙翻過來靜靜地放在桌上。她覺得好笑時，總會毫不隱諱地笑出來，我很喜歡她這一點。

「絹代。」

「什麼事？」

「一個人說話，不管說什麼都會變成自言自語吧？這種事不用說也知道，只是，難免有種淒涼的感覺。」

「我知道、我知道，光想像就很難忍受。所以，妳跟我一起加入他們的團體就行啦，走嘛，去玩牌。」

「不行，我們兩人玩。」

「那就算了。」

絹代搖晃著頭上的麻雀尾巴，走向圍著桌子又吵又鬧的雜草群。她為什麼這麼急著沖淡自己呢？浸泡在同樣的液體中，完全放鬆自己，徹底與他人融合，是那麼舒服的事嗎？

我討厭當多餘的人，但是，更討厭小團體。因為從成立的瞬間開始，就得不斷做表面功夫來維繫關係，太沒有意義了。國中時，每當說到無話可說，視線開始游移，不得不緊緊抓住無聊的話題，想盡辦法炒熱氣氛，發出誇張的爆笑聲時，就覺得兩堂課之間的十分鐘休息時間漫無止境。可能是因為我自己也會這麼做吧，所以，我能一眼看穿勉強擠出笑容的人。這種人通常會笑得很大聲，卻是把眉頭深鎖，痛苦地瞇起眼睛，而且嘴巴一定會張大到清楚地暴露出牙齦。把五官分開來看，就可以看出這個人並沒有在笑。絹代其實是那種覺得好笑才會笑的人，可是一加入群體，她就會那樣笑。我實在不了解上了高中還想那麼做的絹代。

傍晚，社團活動結束後，蜷川在校門前等我。我只打了聲招呼說「你好」，就跟在沉默不語的他後面，走上方向與我家相反、從來沒走過的小徑上。蜷川的影子走在前面，黑黑地拉長開來，頭部正好被我踩在腳下。每踩一下他的影子，就覺得塞滿課本的背袋越來越重。

蜷川家跟周遭林立的洋式新房子不一樣，是平房的老舊建築。打開鐵門，有條石子路延伸到玄關，玄關門是小小的拉門。蜷川一推，門就發出細長高亢的傾軋聲。門牌上寫的「蜷」字，是我不認識的蟲部艱深漢字，不禁讓我聯想到蝸牛。

進去之前，我先說了聲「打攪了」，可是，微暗的屋內沒有任何回應。

「我父母現在都在工作。」

他脫了鞋，默默走進屋內。他家是舊式房屋，天花板不高，整體上小而雅致。玄關正前方的障子拉門緊閉著，蜷川打開了障子拉門旁邊的毛玻璃隔間門。門後面是微暗的窄長木板走廊，走廊的寒氣透過襪子沁入腳背。這棟房子會讓人忘了現在已經進入初夏。走廊盡頭有扇拉門，拉門外是光線非常不好的狹窄庭院，石階上擺著三雙拖鞋。蜷川什麼都沒說，套上拖鞋就往庭院走去。我也跟著套上拖鞋，走進庭院。庭院裡有盆栽、舊雜誌、舊式小型洗衣機、曬衣竿等等，形同沒有屋頂的倉庫。腳下雜草叢生，蚊子成群。

「幹嘛來這種地方？」

「因為要從這裡去我房間。」

蜷川走到庭院盡頭，打開廚房後門般的小門；那扇門已經完全融入褐色牆壁中，根本看不出來。

門一打開，就是突如其來的上樓階梯。滿布荒草的庭院，突然延伸出階梯的景象太過怪異，看得我眼花撩亂。

「我家本來是平房，後來才蓋了二樓，所以必須先穿過庭院，再走樓梯到二樓。」

蜷川把手伸向粗糙的牆面，打開電燈。霎時，狹窄陡峭的樓梯隱隱約約浮現出來。

「雖說改建過，這個二樓也是在我出生前就已經存在的舊建築。」

樓梯的確有些歷史了，用堅固的淺黑木搭建而成，很像老舊校舍的樓梯。我們每踩一層階梯，階梯上的橘色燈泡就會像線香的火花般微微晃動。

走到樓梯盡頭，打開正前方泛黃的障子拉門，裡面是一間榻榻米房間。房間是像骰子一樣的正方形，儘管有扇大落地窗，還是有點陰暗。最先映入眼簾的是房間角落的書桌，跟我剛入小學時，與書包同時買的桌子一樣，正面有可以張貼動畫海報的地方。只有那張桌子看起來特別稚嫩，與其他泛黃的棉被壁櫥、舊式小型冰箱、擺放木製娃娃及玻璃箱日本娃娃的塗漆矮櫃，全然不搭調。反過來說，只有這張書桌還算正常，其他家具都太老舊了。這是我第一次進入男生的房間，沒想到他們生活在如此簡陋的地方；不過，也可能只有這裡比較特別吧。

「你喜歡日本娃娃、木製娃娃之類的東西嗎？」

「沒有，那些娃娃以前就在那裡，所以就那樣擺著了。好像是已經去世的奶奶的遺物，一直捨不得丟。」

遺物……我趕緊縮回正要觸摸木娃娃的手。

可是，唯一看起來正常的書桌，靠近一看也很怪異。牙刷、牙膏、自動鉛筆、美工刀，全都插在一個筆筒罐中。桌子的架子上不只放著文具用品，還排列著七味辣椒粉的小瓶子、伍斯特醬等等。教科書邊的塑膠整理箱中有裝著叉子、湯匙、筷子的尼龍袋，放在桌上的《廣辭苑》上，還擺著吃剩的義大利麵，上面撒的不是起司粉，而是房間逐漸堆積的灰塵，椅背上還晾著浴巾。他一整天的生活，彷彿都集中在這張書桌上。

「你都在這裡吃飯？」

「嗯，比較自在。」

我可以清楚想像，他坐在堅硬的木製椅子上，弓著背面向檯燈吃飯的模樣。

蜷川緩緩把手伸向半空中，嚇了我一大跳，我還以為他要開始表演通靈了，霎時冒出冷氣機啟動的低沉機械聲，我才知道剛才那個動作是為了打開冷氣開關。冷氣帶點柴魚腥味般的味道，不是很順暢地直瀉而下。

「我可以換衣服嗎？我通常一回到家就會立刻換上便服，在家裡穿著制服總覺得很彆扭。」

不等我回答，他已經開始脫起上衣來，我只好盯著窗外看，等他換好衣服。幹嘛啊？他到底找我來做什麼？我不禁開始害怕起來。他拜託我來，我就傻呼呼地跟著他來了，現在才知道害怕。這裡純粹是給一個人使用的房間，所以只有房間主人一人份的空氣，令我覺得呼吸困難。

當我再度拉回視線時，蜷川已經換上墨綠底細黑格子、像棋盤圖案的陳舊襯衫，以及褲腳已經磨得出現白線頭的牛仔褲。我的視線不禁移向他瘦骨嶙峋，卻比我大、構造比我複雜的腳跟手肘。

「他說不定喜歡上妳了哦」，我想起絹代對我說的話。會在課堂上看女性時尚雜誌看得出神的他，是個完全令人猜不透的男生。蜷川從桌子最下面的抽屜拿出兩個杯子，再從冰箱拿出水壺，將茶倒入杯中遞給了我。又從桌子最下面的抽屜，拿出那種很可能是年節時收到的昂貴點心盒，打開蓋子，給了我一顆蛋形的西式點心。

與越來越安分拘謹的我相反，他彷彿在自己的水槽中恢復了原來的姿態，顯得輕鬆自在。

「我貿然邀妳，妳還願意來，真的很謝謝妳。」

他緩緩說著，慢慢地靠近我。

「對了。」

口水從他嘴巴噴出，我反射動作地閉上了眼睛。他說了聲對不起，慌忙用大拇指拭去我眼下的唾液。耳邊微微響起寒毛沙沙的摩擦聲，手指溫熱的觸感遺留在肌膚上。他霍地繞到我背後——來了，說不定他會解開我的胸罩。就在我握緊手中的點心，把全身力量都集中在腋下時，眼前赫然出現了紙張跟原子筆。

「對不起，可不可以……請妳畫在這裡？」

「畫？畫什麼？」

「妳見到 Oli 那地方的地圖。」

「Oli 是誰？」

「我看的那本雜誌上的時尚模特兒。」

「哦……」

原來那個人叫 Oli 啊，我對她並沒有什麼興趣，為什麼會在這種時候提到她呢？

「生物課時我沒告訴你嗎？我是在車站前的無印良品見到了她的。」

這個城市只有一家無印良品，而且，雜貨店也僅此一家。店鋪又大又醒目，是住在這一帶的人絕對知道的場所，根本沒必要畫什麼地圖。

「嗯，妳說過。所以，我希望妳畫地圖讓我知道，妳在那家店的幾樓、什麼賣場的哪個地方見到了她。」

「好，我畫給你……」

「真的嗎？對不起，拜託妳這麼麻煩的事。」

要我畫，我就畫啊——如果這是他找我來他家的目的。我會畫，可是，我想知道他為什麼想知道這種事。

「怎麼，那個模特兒總不會是你失蹤的姊姊吧？」

「怎麼可能，才不是呢。」

雖然沒問出所以然，我還是抱膝而坐，在膝蓋上畫起了地圖，蜷川一副迫不及待的樣子盯著我的畫。越來越接近地圖的鼻尖造成阻礙，讓我無法集中精神畫地圖。我扭動身子，轉過去背向他。結果不偏不倚，正好面向了我站著巡視這房間時，沒能發現的異樣物體。

書桌底下有個很大的塑膠箱子，是夏天時會用來裝冬天衣服、塞進壁櫥裡那種有大蓋子的塑膠箱子。箱子本身並不奇怪，奇怪的是放置場所。箱子太大，把坐在椅子上時用來晃腳的桌下空間，幾乎完全占據了。這樣坐在椅子上時，腳要擺在哪裡呢？恐怕只能跪坐在椅子上了。

「桌底下放那麼大的箱子，會擋到腳吧？」

「不會啊……這樣坐就行了。」

他在椅子上抱膝而坐。那種縮成一小團的模樣，讓我覺得難為情，撇開了視線。怎麼會是我覺得難為情呢，他都已經是思春期的高中男生了，擺出那種姿態，應該是他會覺得難為情吧。

蜷川從椅子下來後，我暫時停下畫畫的手，稍微拉了一下桌底下的箱子。結果箱子底下的輪子就沿著榻榻米的線，順暢地滑到了我面前。透明可見的內部的確是裝著衣服，可是怎麼看都像是女生的衣服。衣服緊靠著箱子內側，以便隨時拜見。我不由得打開蓋子兩側黑得發亮的金屬釦，一股柔和甜美的味道，隨即像煙霧般從箱子裡竄了出來。堆得連毫釐空隙都沒有的書籍，正是他在理科教室看的女性時尚雜誌，四月號、五月號、六月號，一個月都不缺。緊貼著箱子的最外面一集，是以那個叫 Oli 的模特兒照片為封面。除了雜誌之外，還有蜷川絕對不可能穿的印有紅色大麗花的豔麗洋裝，以及戒指等飾物。箱子裡面鮮麗繽紛，卻給人一種陰森的感覺。我把東西塞好，趕緊蓋上了蓋子。

「裡面的雜誌全都是有關於Oli的報導，很久以前出版的舊雜誌，我也從網路拍賣商店買齊了。其他的衣服、飾品，是回饋讀者的抽獎獎品或廣播節目的贈品，我還有Oli簽名的手帕呢。Oli已經出道很久，活動領域也很廣闊，所以要這麼大的箱子才裝得下。」

已經經歷變聲期的男生，開口閉口都是Oli，聽得我渾身起雞皮疙瘩。

「你為什麼做這種事？蒐集這麼多……」

「因為我是Fan。」

「Fan……」

我發出很白痴的聲音，反芻這句話。Fan——多麼順口的字眼，就像一個剛剛上市的清涼飲料名稱。莫非，要我畫這地圖，就因為他是Fan？

「我是Oli的粉絲，我喜歡她喜歡得要死。」他說得很認真。粉絲這種說法不適合他，讓人很難理解。那種輕快的語調，跟蜷川對Oli的癡狂入迷，根本無法聯想在一起。

他看著我畫的地圖，顯得很疑惑。

「看不太懂呢，那家店有這麼複雜嗎？」

他說得沒錯，可能是注意力渙散的關係，地圖不但被我畫得像迷宮，紙張也被手汗跟我像蚯蚓的文字搞得髒兮兮，連我自己都無法判讀了。

「沒那麼複雜啦，是我畫不出平面圖。對不起，幫不上忙。」

我特別用高亢尖銳的聲音，說出「幫不上忙」的部分。

「也不全然幫不上忙，我會照著這張地圖去看看。」

蜷川趕緊安撫我，用很愛憐的眼神望著我。

「現在，我正跟見過Oli本人的人在一起呢……」

心情頓時陰霾籠罩。原來對蜷川而言，我這個女孩只有「見過Oli」的價值。絹代還說什麼「他說不定喜歡上妳了哦」，根本就是想太多了。

「地圖已經畫了，可以了吧？我要回去了。」

「啊，告訴我Oli是怎麼樣的人？說像哪個人就行了，告訴我吧。」

我想，起碼要先吃了他的點心。於是我剝著包裝紙，百般不情願地挖掘古老的記憶。對了，是她先跟我說話的。雖然不是到完全不可以的程度，但她絕對不是我這種人可以隨便搭訕的人。想到昂首闊步、沒穿襪子、拖著雙大布鞋的Oli，就覺得很鬱卒，因為會同時想起當時的自己。

「……就像寵物罐頭廣告的……」

「廣告裡的演員，我哪想得起來呢。」

「不，不是人。那種廣告不是都有以慢動作在草原上奔跑的大狗嗎？像牧羊犬或黃金獵犬。」

「狗?!」

「嗯，她就像那種狗。」

很適合草原，褐色的毛在風中輕柔地飛揚飄拂，眼神和善溫馴，一看就知道是花了主人不少錢的「都市犬」。

蜷川從箱子裡拿出以前的時尚雜誌，翻開某一頁給我看。

「長谷川，妳看到的絕對是 Oli 本人。Oli 不是和妳說是來市政廳拍照的嗎？妳看這張照片，的確是我們市內的市政廳，右邊還清楚寫著拍攝地點。」

他說得沒錯，Oli 在老舊的市政廳前，露出與建築物格格不入的開朗笑容，並擺出撩人的姿態。但是，看到這樣的照片，我並沒有受到衝擊。什麼都無所謂了，唯一的慰藉，就是點心很好吃；可能是高級西式點心的關係吧，整個塞進嘴巴大口吃時，味道又甜又濃，好吃極了。

「如果我知道，一定會去拍攝現場看她。可是，那時候我還不是她的粉絲，根本不知道有Oli這個人。看到這張照片時，我好懊惱，就像所謂的『幾近錯失』。不，是連擦身而過的機會都沒有。但現在可以見到曾經見過她的人，讓我覺得我跟Oli有著命中注定的緣分。」

若要這麼說，那麼，親眼見過Oli的我，跟Oli之間的「命定緣分」，應該強過從我這裡得到二手消息的他吧？在興奮地說個不停的蜷川身旁，我回想起見到Oli那天的事。她讓我比任何記憶都鮮明地，想起了國中時候的我。當時的我，比現在更不拘泥於世俗的眼光，強悍得不得了。

國一暑假，為了跟其他學校進行排球練習賽，我每天早上都要搭電車去隔壁城市。於是搭電車前，先繞到車站前的無印良品店，成了我每天的日課。那天，我也像平常一樣，踏入十點才剛開店沒多久的無印良品。

店內播放著輕柔的背景音樂，我穿著印有國中校名的比賽用紅短褲、T恤，肩上扛著裝有四顆排球的細長運動背袋，走在只有白、黑、亞麻色雜貨的店內。每走一步，黏在布鞋底的砂礫就會散落在磨得發亮的地板上。因為才剛開店，所以挑高三層樓建築的一樓——寬敞到連無印咖啡廳都有的店內，客人寥寥無幾。我不打算買任何東西，只想在這裡吃早餐。穿過飄著咖啡香的無印咖啡廳，我直直走向了老地方。

大型玉米片賣場並排著幾個大罐子，各自裝滿了不同顏色的玉米片。打開黑色閥門，罐子裡的玉米片就會像從水龍頭流出來的自來水般，掉入褐色紙袋中。但是只有買了裝玉米片袋子的人，才能打開黑色閥門。我的目標是放在罐子底下的白色小盤子——裡面盛裝的試吃用玉米片。我用手抓起一把來吃，以征服所有種類為目標，每吃完小盤中的一半，就換下一個種類。正值早上，剛盛入小盤中的試吃玉米片，不管哪個種類都是又香又好吃。其中甜的原味砂糖玉米片，味道清淡簡單，是我的最愛，另一種摻了葡萄乾的玉米片也很好吃。我用雙手撈起，直接送到嘴邊。這些試吃品，就是我的早餐。

此時，我感覺某處有股視線正朝向我。我把玉米片塞滿嘴巴，環視四周，發現無印咖啡廳的客人正對著我笑。同桌的一男一女透過玻璃隔牆看著我，還大剌剌地笑著。或許，他們是在笑說：「多麼貪吃的孩子啊！」但是，就算真是這樣，我也不打算停下來，因為我還有兩種沒吃。我躲到他們看不見的架子背後，以最後衝刺的速度，把玉米片塞進嘴巴。

「妳在哪——？」

開朗響亮的聲音，從咖啡廳方位逐漸向這裡接近，我不由得屏住了氣息。我聽到的是「妳在哪——？在這嗎——？」，可見聲音的主人是在找人。問題是，這附近只有我一個人。聲音的主人喊著「妳在哪？妳在哪？」在各個架子間繞來繞去。

「啊，找到妳了。」

聲音從後面傳來，我回頭看，看到剛才還坐在咖啡廳椅子上的女人。不論身材也好，柔順飄逸的褐色頭髮也好，都像極了外國人，她的手裡拿著裝了水的杯子。

「玉米片好吃嗎？」

聲音有點嘶啞，酒氣撲鼻，眼睛像剛打過呵欠般溼潤。

「水給妳，玉米片卡在喉嚨了吧？」

高䠷的她，配合我的視線高度彎下腰來，把杯子遞給了我。眼前突然冒出一張臉，我本能地縮緊了下巴。好工整的一張臉，大概是混血兒吧，只有眼睛像日本人，是單眼皮的黑眼睛。眼睛跟高挺的鼻子不太搭調，所以，也很像戴著誇張的假鼻子扮成外國人的日本搞笑演員。她用親切、和善的眼神看著我，我的臉開始熱起來，冒出暖暖的汗水。被她弄得不知所措的我，一口氣喝乾了杯裡的水，然後用手臂粗魯地擦拭被水沾溼的嘴巴四周。女人狂笑著說「好像魔法公主哦」，然後稚氣地蹲下身子來，看著我的腿。

「妳的腿不錯呢，看起來跑得很快。肌肉很結實，真好，改天我也把腿練成這樣吧。」

我也受她影響，低頭看著自己的腿——兩根牛蒡。這還是第一次有人稱讚我這雙腿呢。

「啊，可是妳肩上背的是球嗎？那麼，妳是從事其他運動，而不是跑步囉？」她很遺憾地說。不用看她的臉，光聽那聲音，眼前就會浮現出很遺憾的表情了。她如何能把聲音潤飾到這種地步呢？女人用白皙的手碰觸我的腿，小腿肌肉立刻反射性地緊縮起來。她倏地站起身來，回頭向坐在咖啡廳的男人大聲說起話來，說的是英文。也以英文回應她的男人，有雙修長白皙的手臂，他往這裡走來，站在女人身旁，個子比玉米片的架子還要高。兩人的白色布鞋都超大，是那種不曾見過的尺寸。頗有分量的四隻鞋子，活像漂浮在磨得發亮的地板上的四艘船。女人指著我的腿，用英文對拿著相機的男人說明後，閃光燈就冷不防地在我的腿上亮了一下。

「他是攝影師，我請他拍下妳的腿當作紀念。」她調皮地笑著。

拿著相機的男人笑著指向自己說「Photographer」，又指向女人說「Super model」。女人仰頭大笑，敲打著男人的背部，看起來感情很好。我也想對他們微笑，可是臉部不聽使喚，只有嘴角還能勉強向兩旁延伸。被耍著玩的男人也開始裝瘋賣傻，用手指抓起試吃的玉米片，餵食女人。女人也像鳥一樣，扭動脖子啄食玉米片。那種光景很煽情，但我想，在這節骨眼，若能不難為情地低下頭去，說不定可以成為他們的夥伴。接著，男人也把玉米片拿到了我的面前。他的褐色眼睛溼潤光澤，有種飄飄然的感覺，顯然是喝醉了。視線明明與我交接，卻沒有看著我。我微微張開嘴，想應他要求吃下玉米片，可是，真要吃時又覺得很困惑。那一粒碰到鼻尖而搖晃的玉米片，跟我之前吃的玉米片都不一樣，也跟她啄食的玉米片不一樣。因為我跟這個抓著玉米片的外國人，既不是朋友，也沒有任何關係，所以這是飼料。我半張著嘴巴，光靠喉嚨吞下了口水，我知道自己的表情越來越困惑了。很不想吃，可是又怕掃了他們的興，所以我用力挺直了背脊，側著臉用前牙咬食他抓著的褐色玉米片，舌頭碰觸到他乾乾的大拇指指甲。可見儘管是被氣氛煽動，我這個人也頗能跟著人家起鬨去做這種事。我維持側著臉的姿態，往男人的眼睛望去，結果，他的眼神表露無遺——他覺得我令他作噁。

「哇啊，對不起、對不起！」

女人大聲向我道歉，嚇得我鬆掉了咬在牙間的玉米片。她不好意思地笑著說：

「對不起，讓妳做這種事。」

聽起來完全沒有惡意，然而，我卻彷彿被「難為情」的子彈擊中般全身燃燒起來。難道我剛才的舉動不堪入目到需要她來向我道歉？可能是我的表情太過緊繃，不像在嬉鬧起鬨吧，我慌忙擠出很諂媚的靦腆笑容。瞬間，女人的笑容降溫了，我知道我再也不是什麼魔法公主了。

為了打破尷尬的沉默，她以輕快的語調說：

「我們是來這座城市拍照的，你們城市的市政廳洋樓是重要文化財產吧？我們預定在那裡拍攝。因為雜誌出版時期的關係，我還得在這種大熱天穿上秋天的衣服呢，八成會流一身汗，好辛苦。所以呢……呃，就是這樣囉。」

自己開了頭，卻又懶得再說下去的女人，與男人四目交接，聳了聳肩。兩人換上非常認真的酒醒後表情，走出了店外。

「蜷川，我該回去了。」

吃完點心，我把包裝紙握在手中揉捏著，跟蜷川這麼說。正說著Oli的事說得忘我的他半張著嘴，用迷惘的表情看著站起來的我。那一天，Oli眼中的我，說不定就是這個樣子。這麼一想，就覺得整顆心糾結在一起。他還來不及說任何話，我便已經走出了房間。

唯有Up run[1]，我絕不退讓。在操場練習跑步時，第一圈慢慢跑，第二圈比第一圈跑得稍微快一些，第三圈再比第二圈跑得更快……每增加一圈就更加快速度，到最後一圈時，發揮全力衝刺。我向來是不拘形式，很認真地去實踐這種Up run訓練法。練習前半，我會乖乖地跑在最後，到最後一圈時儘可能加快速度，拋開其他所有隊員，再怎麼強撐也要第一個跑到終點。Up run只是一種練習，目的在掌握自己跑步的步調，用在正式比賽中絕對沒有勝算，所以，我只能在這種時候卯起來跑。我這雙被說過「看起來跑得很快」，其實中看不中用的腿，最厲害的就是做卑鄙的小動作。例如，出乎大家預料之外，突然改變跑步的步調；或跑出第二天早上肌肉會痛到不能動彈的最後衝刺；或在轉彎時假裝不小心撞倒跑在旁邊的人。總之，為了贏得勝利，我這雙勇猛的腿，什麼事都做得出來。

可是，不管多想贏得勝利，最好還是不要太拚命。因為我往往為了超越前面的社團成員，在最後一圈把身體傾斜得太厲害而跌得四腳朝天。

「啊，妳沒事吧？」

我嘴巴四周都沾滿了操場的沙子，像隻剛出生的山羊，掙扎著才剛要站起來又跌倒了。第一個停下腳步往我跑來的社員，擔心地俯視著我。其他社員也停下腳步，跑過來圍在我四周，七嘴八舌地

1.「Up run」是慢慢加快速度，吸氣吐氣充滿戲劇性的跑步訓練法。

問我還好嗎？還好嗎？他們不是真的擔心我，只是全都想蹺掉 Up run 練習而已。

「老師，有人受傷了。」

「長谷川，妳去清洗傷口。其他人回跑道，繼續做 Up run 練習。」

「咦——已經跑幾圈了？」

「搞不清楚了呢——」

「老師，長谷川同學跌倒嚇我們一大跳，大家都忘了跑幾圈了。」

老師冷冷地看著裝傻的社員們，眉頭皺得超不自然，有點作戲的感覺。

「真拿你們沒辦法，那麼，現在來開會吧。」

「也就是說基礎練習已經結束了嗎？」

「你們認為呢？」老師嘴角微微浮現笑容，瞥了社員們一眼。當老師傳送給社員們這種「惡作劇視線」時，都會讓社員們不寒而慄。

「我們認為已經——結束了！」

前輩社員們拍起手來，興奮得過了頭，一年級的新社員們也立刻跟進。這樣的發展，已經成為慣例。

社員們對老師的小小失誤，或是拚死拚活說的笑話（實在不怎麼好笑），都會咯咯咯笑著回應。所以把今年剛當上顧問，髮白嘴斜，很愛說教的這個老師，成功培養成「雖嚴格，但有點脫線」的市面流通商品。其實，老師是企圖把自己塑造成開朗形象，藉此「融入」她們。或許，這就是所謂的各取所需吧。

在旁邊做其他練習的男社員們，只是嗤嗤奸笑著看她們哄騙老師。他們大概是認為，由女生們去煽動老師，成功率比較高，其實，男生也辨得到。老師只是喜歡被人糾纏的感覺，並不是什麼色老頭。我看得出來，他不是高興有女生接近他，而是高興有人接近他。被人層層圍繞，老師就會興奮得眉飛色舞，顯得神采奕奕，而我就會對自己的生存方式越來越沒有自信。

「可是還是要開會哦，大家往社團辦公室移動。」

本來很開心的前輩們，瞬間換成老奸巨滑的表情。

「不是在社團辦公室，是在教室吧？社團辦公室那麼小，擠不下所有男、女社員啊，也沒有冷氣。」

前輩們的臉，彷彿有上、下兩種不同的表情。上面翻出了可以用「逼視」兩字來形容的白眼，下面是笑得可以清楚看見牙齒的爽朗笑容。

「那就去教室吧？」

你是老師，幹嘛徵詢大家的意見呢？看到穿著運動服的老師像穿了鐵絲般直直挺起背脊的身影，被女高中生們耍得團團轉，我已經無力生氣，只覺得悲哀。

所有社員們以最快動作將訓練道具與劃線機收拾乾淨，男社員們也不等老師允諾，就開始把障礙欄搬進體育倉庫了。社團活動提早結束時，男社員跟女社員會充分利用這個放學後的時間，加深彼此之間的友誼。

快收拾完畢時，塵土已經漫天飛揚，我咳嗽著站起身來。操場的白色地面還沾著我膝蓋的血跡，我不好意思地用運動鞋鞋底抹去，然後拖著疼痛的腳，走在陽光反射得令人張不開眼睛的白色地面上。萬里晴空時的操場，顯得無邊無際地遼闊。外圍的洗手檯在很遙遠的地方閃著亮光。走向洗手檯途中，我還閃開了在操場正中央排列整齊、高統襪白得很刺眼的手球社社員。她們穿著看起來很熱的長袖暗紅色制服，排隊排得井然有序，毫不懈怠，不斷發出

「有」、「有」的聲音，回覆老師的點名，非常有紀律，令我想起國中的排球隊。現在，我的身體一定無法接受那樣的團體比賽了。自從接觸了單打獨鬥的田徑運動後，同伴之間的眼神訊息傳遞，會使我渾身不自在。

我好不容易走到被太陽曬得乾巴巴的洗手檯，扭開大水龍頭。水像瀑布般，流入已經乾到全白的水泥槽中。我把水龍頭朝上，用水沖洗膝蓋稍微上面一點的擦傷，傷痕的紅色變得鮮明了。水被太陽的熱度曬得微溫，滴滴答答沿著小腿往下流，把襪子也沾溼了。洗清傷口的沙子後，我一時關不住水龍頭，只好任由狂奔的水滲入襪子的腳踝部位。

從洗手檯的水龍頭位置望過去，我看到從校舍緩緩延伸出來的林蔭坡道上，有個學生向我這裡走來。他越來越接近，頭髮隨著跑步的振動，像黑色水母般搖晃著。是蜷川，到我面前時，他的劉海已經和著汗水，重重地貼在臉上。

「妳一直在操場？」

「是啊。」

「這樣啊，我找錯地方了，還跑去教室找妳。」

微微屈膝向前傾，閉上眼睛，等待呼吸平靜下來的他，跟夏天的陽光與操場完全兜不起來。

「我一個人去過無印了，可是，光靠那張地圖還是不知道 Oli走過哪些地方。所以，妳可以帶我去嗎？」

「我正在社團活動，不能去。」

更何況，我也不想陪他去做那種瘋狂的事。

「社團活動？都沒人啊……」

我回過頭看，眼前是一片平坦的無人操場。除了我拖行的腳劃出來的微弱長線橫越了操場外，其他只有寂靜。就算田徑社團的隊員們都跟老師去了開會的教室，那麼，壘球社社員跟足球社社員們，都消失到哪去了？剛才還在震天價響的點名聲、號令聲都消失不見了，沒有留下任何痕跡。周遭只剩下我後面的洗手檯，恣意奔流的流水聲。

「學校廣播說，氣象局發布了光化學煙霧警報，所以戶外活動全部停止了吧？我們最好也趕快躲到陰影處，不然眼睛曬到會刺痛唷。」

我這才想到，做 Up run 練習時，我好像瞥見老師在跟一個從教室出來的學生說話。他一定是在那時候收到了通知，知道發布了光化學煙霧的警報。可是，他不但沒有告訴隊員們，還誘導他們進入室內開會。明明是因為光化學煙霧，不得不停止社團活動，老師卻動用小聰明，把這件事當成自己送給大家的大禮。多小家子氣的算計啊，讓我好想哭。

「啊，妳受傷了。」

蜷川從書包拿出紅色罐子，拔開罐子的蓋子，很自然地從裡面拿出了ＯＫ繃。我低頭看他撥開ＯＫ繃貼條的手指時，汗水滴了下來，在地面上暈染出一圈黑漬。跌倒時沾在手臂上的殘留沙子，比被太陽曬黑的手臂白。遠方天空傳來直升機低沉的聲音，越來越接近。

「傷口很可怕，所以，要貼上ＯＫ繃哦。」

他這個把制服塞進長褲裡的救護人員，在面積不小的擦傷傷口上，謹慎地貼上了ＯＫ繃。突然有種被搔癢，很舒服的感覺，在我的全身擴散開來。俯視蜷川，似乎是一件很愉快的事。他的頭頂漩渦，就在我觸手可及的地方。

「那是Oli在雜誌專欄中說的話。那麼，我走了。」

他站起身來，往校門走去。今天，在學校，他是第一個跟我說話的人。

「等等，我也去。」我小跑步追上他，拋下空無一人的操場。

跟見到Oli那個夏天的日子一樣，我又穿著體育服跟短褲，來到了無印良品。而且沾滿沙子的布鞋，又把地板弄髒了。店內好涼快，汗水很快變成冰涼的露珠，落在脖子上。內部裝潢與擺設幾乎都沒有變，往裡面直走，就會看到跟以前一樣的無印咖啡廳。

「我就是隔著玻璃，跟坐在這家店的Oli四目交接。」

說是咖啡廳，空間也不是很獨立，只用幾片玻璃窗圍起來，所以不點東西吃也可以若無其事地混進去。我把手放在玻璃窗前的一張桌子的椅子上。

「Oli好像是坐在這張椅子上，但我的記憶已經很模糊了，所以也可能不是。唯一可以確定的是這張桌子。」

「那麼，也可能是這張椅子囉？」

蜷川看著同桌的另一張椅子。

「嗯，但那張椅子應該是她的男伴坐的。」

「咦，Oli帶了男伴？」

「嗯，是個外國男人。Oli跟他彼此餵對方吃玉米片，顯得很親熱，應該是情侶吧。」

蜷川眼中的光彩消失了。

「情侶啊？對粉絲來說，這是很殘忍的字眼。可是，我可以接受。我不在乎Oli有男朋友，因為她都已經二十七歲了。網路上，有些粉絲連這種事都不容許。可是，我認為應該要讓步……」

他邊用雙手梳攏長長的劉海，遮住眼睛，邊喃喃說著。接著，沉穩地打開書包，拿出相機，開始拍攝桌子跟椅子。收銀臺的店員發現閃光燈的亮光，疑惑地看著我們。把試吃食品當成早餐的我，跟對著咖啡廳桌椅猛照相的蜷川，誰比較奇怪也比較令人困惑呢？我向來很好勝，但唯獨這場競爭，我並不想贏他。

蜷川快速移動著，從各個角度拍攝桌子。我怕默默站在一旁也會被當成怪人，所以繼續跟他說話。

「Oli 二十七歲啊？我見到她時，就覺得她有二十七歲了。可能是外國人老得比較快吧。」

聽我這麼說，蜷川從鼻子發出冷笑。

「幹嘛？」

「Oli 的拿手好戲是『把荷包蛋吃得乾乾淨淨』呢。」

他說得洋洋得意，讓我有種莫名的落敗感。

「那個，我不太懂你的意思……」

「意思就是說，Oli 的心永遠不會老。」

是哦，那就隨便你啦。我走出咖啡廳在外面等他，隔著窗戶，我看到走近他的店員在警告他，覺得很好笑。

玉米片賣場的空間比以前縮小了，可以試吃的玉米片也減為三種。盛裝著玉米片的小盤子，在白天燈光的照射下光亮潤澤，顯得美味可口，但我一點都不想吃。

「妳在這裡跟他們兩人說了什麼話？」

「她跟我說，他們今天是來拍照的……」

蜷川像來社會實習的小學生，把我說的話一字不漏地記下來。

「還有，她看著我的腿說，看起來跑得很快。」

「啊，所以妳才加入了田徑隊。」

這句脫口而出的錯誤判斷，不知為何讓我非常在意。

「才不是呢，完全沒關係，我又不是你。」

這種很快就會被遺忘的對話，根本沒有必要認真回應，可是，腦中浮現出對我失去興趣那一瞬間的Oli，就讓我不由得想否認。

「我跑步是因為我自己想跑。」

在玉米片賣場拍完照片後，無印之旅也結束了。我們從自動門走出店外，外面比剛才好多了，但還是很熱，才出來沒多久，又汗流浹背了。我跟蜷川，並肩走在大樓接續的陰影中。在車站前的大馬路上，穿著運動服頗引人側目，我可以感受到擦身而過的人的視線。替換的制服放在學校的社團辦公室忘了帶走，我很想趕快換掉這身衣服，但現在回去拿，會跟開完會的社員們撞個正著。社團成員們對未徵詢老師同意擅自蹺掉社團的社員非常嚴厲，大家會以花言巧語哄騙老師爭取休假，但絕不會擅自蹺掉社團，這已成了大家默認的規定。

「我想去你家休息一下，可以嗎？」

說完後，我猛然驚覺。上高中後，我一直無法做到「輕輕鬆鬆邀約他人」這種事，可是面對蜷川，我卻做到了。

「嗯，好啊。」

蜷川也答得很爽快，我們走向介於無印與學校之間的他家。可能是太久沒做這種事了吧，如此簡單的對話，卻如清流般沁入了我乾涸的心田。我想，也許我可以跟這個走在稍微前面，弓著背的男生做朋友吧。當「男生朋友」四個字在腦海中浮現時，我的心開始撲通撲通跳動。之前絹代跟我說到這種事時，我還覺得她很可笑呢。

蜷川家玄關正對面的障子拉門還是緊閉著，但隔著障子拉門，可以聽到電視的聲音，還可以感覺到人的氣息。今天有人在家。然而蜷川卻沒有拉開障子拉門，直接走向通往庭院的走廊。我也躡著腳，默默走在他後面。我知道不打招呼是很沒禮貌的事，但我們兩人要在那樣的獨立小屋獨處，也不好意思跟他家人打招呼。

蜷川一進自己房間，就打開冷氣，然後跟上次一樣，立刻脫下制服，換上了便服。

「好像一間單人房哦，還有電視跟冷氣。」

「做什麼事都要下去一樓太麻煩了，尤其是冬天，穿著涼鞋走到庭院時，簡直冷得無法忍受。如果能再加裝廁所就更好了。」

他套上布料看似紗布、已經有點老舊的襯衫，邊扣釦子邊回答我。

「為什麼需要冰箱呢？」

「半夜手邊沒水可喝，會覺得很不安。」

我家絕對不會認同這種事。這樣也不等於獨立了吧？可是，蜷川頗為得意。

「洗好的衣服也是我自己晾。」

打開落地窗，只見多到完全阻擋陽光照入屋內的大量洗滌衣物，在風中搖曳。大概是晾太久了，有已經乾枯變形到硬邦邦的T

恤、泛黃的睡衣、沉沉吊掛著的牛仔寬褲，還有好幾條活像衣服摺痕般層層往上晾，迎風招展的白浴巾。掛在窗外的另一片窗簾，是造成屋內微暗的原因。

「洗滌衣物的大樹。」

被他這麼介紹的曬衣竿，的確長滿了洗滌衣物。

「想穿哪件衣服就直接從這裡扯下來，不用特地摺衣服，很合理吧？」

蜷川噗嗤一聲，猛然扯下用洗衣夾夾住的毛巾，想看我有什麼反應。可是，我沒有任何反應，只管盯著曬衣竿。我不經意地撥開了層層重疊的洗滌衣物，冷不防地，夕陽的黃色光線從屋外鑽進了屋內。

「太陽快下山了，卻完全不知道……」

這個房間就像時空膠囊，會讓人遺忘時間。如果我一直住在這裡，說不定會跟這房間的主人一樣，劉海留太長也不會發現，就這樣度過一年又一年。

「啊，Oli的廣播時間到了，對不起，我要聽了。」

蜷川火速從抽屜拿出CD收音機，把銀色天線拉長到極限，再以嫻熟的動作將天線傾斜到剛好四十五度左右的位置。然後，他背向我，面對收音機坐著，再戴上耳機，擺明了是要丟下我一個人，自己聽廣播。記得幼稚園大家一起玩時，總會有那種一個人躲著偷吃糖果，或是一個人偷偷玩遊戲機，不給其他人玩的小朋友，他就像那樣。或許，他的社交活動還停滯在幼稚園時代吧。

與收音機面對面坐著的他，不久後就一動也不動了，房間陷入一片寂靜。無事可做的我，眼光自然被那東西吸引了。

儘管被放在一片幽暗裡，還是可以感受到它異樣的存在感；那就是這個房間怦怦跳動的心臟——蜷川的「粉絲箱」。還是跟上次一樣，一打開來就聞到濃郁的香甜氣味，與這殺風景的房間完全不搭軋的惹人憐愛的世界，頓時從這個箱子擴展開來。可能是聞到香味，蜷川轉過頭來。

「妳在做什麼？」

「沒有啦，閒著沒事……」

「哦。」

我確定蜷川又轉向收音機後，為了不讓他再次回頭，儘可能不發出聲響地開始挖掘箱子裡的東西，挖出了一個藍色的小箱子。小箱子裡裝著三瓶種類各自不同，但是看起來同樣高級的香水。這個粉絲箱的味道，應該是來自這三瓶香水。他大概是蒐集了與 Oli 同品牌的香水，香水瓶上貼著小字條，上面各自寫著不同的年代。

香水味也掩蓋不了的晦暗熱情，弄溼了整個箱子。裡面塞滿了從非常久遠年代開始蒐集的大量時尚雜誌、T恤、鞋子、點心、飾物、手機吊飾、書、漫畫、簽名的頭巾；各種零零碎碎的東西，被很仔細地一個一個裝在袋子裡。這裡的每一樣東西，大該都跟 Oli 有關吧。有件衣服密封在兩層尼龍袋中，跟其他像是新貨，但沒包裝直接放在箱子裡的衣服比起來，這件裝在袋子裡的紅色女用罩衫已經起了毛球，看起來舊多了。果然不出所料，袋中紙條寫著「六月號讀者禮物　得獎者一名　Oli 愛用內搭」。我眼前浮現蜷川像鑑定專家般戴上白手套，小心翼翼取出這件罩衫的模樣。我怕摸太久，蜷川會不高興，悄悄歸回原位。還有年代已久的高中畢業紀念冊呢，我翻到貼著便條紙的地方，看到一整排的學生照片，其中「佐佐木 Olivia」這個名字的上方，是一張身材微胖的女孩的照片，梳著看起來頭髮很茂密的髮型——大概是當時的流行吧。迷到這種程度，哪像粉絲的蒐集，簡直就像遺物大拼裝。這個房間好像是刻意維持生前的狀態，隨時準備讓已經往生的女兒回來似的，彌漫著悲戚又陰森的氣氛。

厚厚的藍色檔案夾，夾著用文書處理器印刷出來詳細的 Oli 檔案文件，以及大量的報導剪貼。檔案文件中，除了記載生辰年月日之外，還有小學、國中、高中、專門學校的校名、常去的商店、舊家的地址，以及用好幾張紙接起來的手繪房間構圖。現在的資訊社會實在太可怕了，不過還是少了 Oli 目前的地址，關於她的男性關係當然也是不清不楚。蒐集了這麼多的資訊，獨獨漏掉了最關鍵的部分。以迪士尼的拼圖來說，就像少了最重要的米老鼠的臉那一片。

藍色檔案夾是我挖出來的最後一樣收藏品，所以我想，該把東西再一一裝回去了，裝之前我先探頭看了一下箱內，發現一小張紙緊貼在箱底，被不停往上堆的東西壓得又扁又縐。這張泛紅的褐色紙張可能是從檔案夾掉出來，一直沒被發現吧。我把紙張翻過來，看背面是什麼。

頓時，我整個人像被筆壓強勁的原子筆狠狠塗黑了一般，呼吸變得好困難。

「這，未免太牽強了……」

真的太牽強了。跟 Oli 真正的身軀完全不同，還在發育中的少女裸體被沾滿指紋的膠帶，貼在 Oli 的大頭照下面。膚色與紙張顏色都不一樣，遠近比例也不對。Oli 的大頭照太大，好像就要從少女纖細的肩膀上掉下來了。更糟的是，Oli 的大人臉配上少女的身體，大不相稱，醜得像人面犬。

好酸。宛如百分之百濃縮的汗水衝鼻般，酸透了。厭惡感伴隨著另一種無法形容的感覺襲向了我，那是游泳池水的氯酸味。夏天，游泳課結束，我就會在熱氣騰騰的狹窄更衣室，跟班上女同學一起換衣服。為了不讓身邊的同學看到自己的裸體，用能捲成筒狀的游泳浴巾把身體整個套起來，只露出一顆頭。游泳浴巾上，有可以把浴巾固定成筒狀的釦子，上方開口處還有鬆緊帶，以防浴巾往下滑。遮蔽身體的效果，比將一般浴巾纏繞在身上來換衣服好得多了。沐浴在從更衣室高窗灑落的陽光中，我成了巨大的晴天娃娃，周遭的女孩子們也都成了晴天娃娃，所以我並不覺得難為情。在晴天娃娃的狀態下，只要身體扭動得當，也可以順利把溼答答的泳衣脫下來，可是穿內褲時，若不往浴巾裡面看，腳就穿不過內褲的兩個洞。當我不讓其他女生看見，偷偷拉起鬆緊帶從上方望下去時，方才還是小型更衣室的浴巾內部，就瞬間成了令人血脈僨張的色情偷窺小屋。在被自己的溫溼氣息浸溼的浴巾內部世界中，有我自己才看得見毛髮叢生的大腿內側。看著 Oli 的剪接照片，就像看著那個部位，一種全身虛脫倦怠無力的色情感，如閃著七彩亮光的油品般囤積在身體深處。一股舔吮鐵叉子般的寒氣掠過背脊，我還是緊盯著這張剪接照片。

我用右手的大拇指跟食指，像抓著什麼髒東西似的抓著 Oli 的剪接照片，而且是緊緊抓著，完全沒有要放開的意思。我迅速將被翻得亂七八糟的粉絲箱擺整齊，蓋上蓋子，只有這張剪接照片沒有放進去。用力一推，箱子又平順地回到了桌子底下，唯獨少了那張剪接照片。

我看著用手指抓著的幼稚照片，心想，這是蜷川幾歲時的「作品」呢？從紙張泛紅的褐色，以及像垃圾般被遺忘在箱子底下的狀況來看，應該是相當早期的作品。就是這張 Oli 的臉、少女身材的照片，讓他對 Oli 感情的原型無所遁形。我無法直視蜷川蜷曲的背影。

他竟然可以用如此猥褻的眼光，看待那麼健康的東西。

我嘗試著在心中嘲笑他，卻感到無比興奮。可以把那麼健康、燦爛的東西，貶抑到這種程度，實在太厲害了。縱使我知道製作這張照片的蜷川，絲毫沒有貶抑 Oli 的意思。

我悄悄將照片放進運動褲後面的口袋裡，很小心地不讓脆弱的銜接部分遭到破壞。

蜷川的姿勢沒有任何改變，全神貫注聽著收音機，專注到像在考英文聽力，連我接近都沒發現。不知道為什麼，他只戴了一邊耳機，另一邊耳機垂落在肩上。

不知不覺中，我已經站起身來俯視著蜷川。唯獨觸感看起來還不錯的襯衫白領子，箍住了他的後頸部。我想他應該有洗，可是穿得太舊，衣領內緣已經被汗垢磨成了棕褐色。一直盯著那地方看，那種半溼不乾的浮腫心情就又膨脹了起來。

「幹嘛只戴一邊耳機聽？」

回過頭來的那張臉，充滿了至高無上的幸福時間受到打攪的迷惑。我發現，蜷川非常適合迷惑的表情。他的眉頭皺得很有氣質，一邊眉毛很漂亮地往上揚，露出不把我當人看的冷漠眼神。

「這樣聽會有她在我耳邊細語的感覺。」說完，他又面向了收音機。

我不寒而慄。按捺不住游泳池的那種心情，整個人還像一碰就痛的紅腫青春痘，微熱發脹。我從正上方俯視他又回到Oli聲音世界的背影，呼吸開始燥熱起來。

好想給這憂鬱蜷曲、毫無防備的背部一腳，好想看蜷川疼痛的樣子。驟然綻放的全新欲望，像閃光般瞬間刺痛了我的眼睛。

剎那間，腳底有了非常真實的背骨觸感。

蜷川向前傾斜，耳機被扯離了CD收音機，收音機的曲子以龐大音量在房間鳴響著；是那種應該會在高級百貨公司播放的巴薩諾瓦輕爵士樂。他用與音樂格格不入的受驚嚇眼神，屏住氣息看著我。

「對不起，拍……拍得太用力了。我本來只是想輕輕拍你一下，跟你說我要回去了。」我擺出敲門的手勢，謊言說得如流水般順暢。

「剛剛那個幾乎有拳擊的力道呢。」

剛才是我為各位演唱的單曲——真難為情，大家覺得如何呢？Oli天真的聲音在房間迴響。

「啊——聲音一樣，我在無印見到的人，果然是Oli沒錯。」

為了轉移話題，我故意裝出很開朗的聲音。

「好崇拜妳，竟然現場聽過這樣的聲音。」

蜷川搓揉著背部被踢的地方，看我的眼神彷彿把我當成了從事「令他嚮往的職業的大人物」。希望他不會發現我踢了他，不過就算背部瘀青了，因為是在背部，他大概也不會發現吧。想到他背上有塊沒人知道的內出血瘀青，我就覺得好惹人憐愛，好想再用手指去戳它一戳。施暴的欲望，擋也擋不住。

「對了，我準備要回家了。都傍晚了，還穿著體育服，真不知道自己在幹嘛，我走了。」

要邁出步伐時，我突然膝下一陣無力，慢動作似的跌坐在地上。我趕緊看了蜷川一眼，他已經又戴上耳機，進入了他跟 Oli 的兩人世界。

我避開還響著電視聲音的客廳，穿過長長的走廊，套上鞋子，飛也似的衝出玄關。外面已經微微昏暗，氣溫也下降了，總覺得心情還沒緩和下來。從外面看，二樓蜷川的房間與面對道路的一樓平房，彷彿是不同的兩棟房子。看得到掛滿洗滌衣物的落地窗，在那上面，有個最心愛的箱子被亂翻、東西被偷、還被狠狠踹了一腳的男孩。這麼一想，就有種說不出的興奮，溫熱的口水從半張的嘴巴溢了出來，我慌忙向上仰，抖動喉嚨吞下了口水。

回家途中，我順道去了便利商店，站著看之前蜷川看的那本時尚雜誌。可是每一頁的模特兒都是鼻子像外國人般高挺的同類型美人，越看越覺得每個人都是Oli，我見到的那個人說不定不是Oli。翻著翻著，翻到黑白專題頁，上面刊登了Oli的短篇專欄。專欄旁邊有五十圓郵票大小的Oli照片，笑得好像在介紹首次申請者也能輕鬆辦理的金融機關櫃臺小姐。我試著把這張照片跟三年前的記憶重疊，可是影像太模糊，很難做得到。我只好放棄，開始看旁邊的專欄。

——大家好，我是Oli。在寫這篇文章時，已經是晚上。打開窗戶，附近住家的洗澡味道，就會隨著晚風一起飄進房間。沐浴乳的香味，以及遠處傳來的沐浴聲，令我心曠神怡。所謂「借景」是把自然的景色當成自己庭院的一部分，那麼，這應該稱為「借香」囉？Lucky。

各位，你們每天都睡得很好嗎？我因為在煩惱某件事，前陣子患了失眠症。我的煩惱，就是我自己的聲音，大家也覺得我的聲音超低的吧？錄音時，我怎麼樣都發不出我想像中的高音，沮喪得晚上都睡不著覺。不是在意微小的亮光，就是一直想上廁所。大家也有過這種經驗吧？就是那樣。可是！我找到了解決方法。

那就是……躲起來睡。

關掉房間所有的燈，只刻意開著桌上的桌燈。然後用羽毛枕蓋住頭，遮蔽那盞桌燈的亮光，就像玩躲貓貓遊戲般，讓自己蜷曲在房間的一角。這麼一來，身體就會充滿偷偷摸摸的興奮，覺得很幸福，然後沉沉睡去……Ｚｚ。

在無法成眠的夜晚，大家不妨試試——

我感到全身刺痛，這種痛好熟悉，可見我在無印見到的人，的的確確是Oli。她好天真，裝得有夠天真。在她面前，我顯得俗不可耐又幼稚。我把沉重得令我雙手顫抖的時尚雜誌，放回便利商店的架子上。蜷川只蒐集到「Oli自己釋放出來有關Oli的資訊」，他完全不了解活生生的Oli。

隨著暑假腳步越來越接近，在酷熱的教室中，男生們開始將短袖高高捲起，甚至脫掉襪子，光起腳丫子。女生則用墊板在裙子裡搧，大家都意興闌珊地聽課。可是午休時間一到，還是跟平常一樣熱鬧。每個小團體都邊吃中飯，邊跟同伴搞笑嬉鬧，連走廊上都是他們聒噪喧嚷的聲音。我從自己的桌子搬出椅子，鑽進窗邊的白色棉布窗簾裡，擺好椅子，打開窗戶。風吹著我的劉海，上面是一望無際的天空白雲朵朵，下面是遼闊的操場，傳來男生們打排球的吶喊聲，感覺好悠閒舒適。不久前，在操場玩的學生更多，可以聽到更熱鬧的吶喊聲，但這二、三天天氣太熱，人減少了很多。

前幾天，絹代滿臉歉意地跟我說，她想跟朋友們一起吃便當，問我要不要一起來。我第一次看到絹代那種由衷感到對不起我的表情，覺得很突兀，所以拒絕了，現在只好一個人吃便當。可是一個人坐在自己的座位上吃，又得承受同學們的目光，所以我逐漸習慣這樣坐在窗邊吃飯，假裝是我自己選擇了孤獨。我把運動鞋掛在腳尖晃啊晃，夾起母親為我做的色彩繽紛的便當菜餚，母親一定沒料到我會是一個人吃。窗簾外的教室鬧翻了天，可是，這裡——窗簾內，只有我的塑膠筷子碰撞便當盒，所發出來喀喳喀喳的幼稚聲響。

突然覺得背後有什麼動靜，我轉過頭去，看到一個班上男生掀起窗簾下襬，邊喝著小瓶寶特瓶裡的茶，邊盯著我看。

放下寶特瓶後，他滿嘴溼漉漉地跟我說：

「教室的冷氣從今天開始可以開了，妳這樣打開窗戶，好不容被冷氣吹涼的教室就不涼了。妳那麼靠近窗戶，想必很涼快吧？但還是請妳關上。」

那聲音跟蜷川全然不同，低沉、緩慢、目中無人。看到我默默點了頭，那個男生又很快地拉上了窗簾。我立刻照他的話去做，關上窗戶，還上了鎖。

沒了棲身之處，今後我得忍受在自己桌上吃飯的苦日子了。可是仔細想想，暑假快到了，到時候就不必來學校了。然而再想得更遠些，暑假結束後的第二學期還是那種日子的延續，說不定會更糟呢。剛才那個男生的態度，哪像在對同班同學說話，根本是對低他一等的人的態度。就像企圖把打掃工作推給對方那種感覺，說得更白一點，就是擺明了要對方退讓的態度。我有注意到，班上同學對蜷川就是這種態度，可是萬萬沒想到會輪到自己。我用顫抖的手指，將印著貓咪圖案的櫻花色便當，用紅色格子便當布包起來。我的個人用品中，只有跟便當相關的小東西有少女感。明明沒人看見，我還是突然覺得很難為情，好想把便當扔到操場上。

中午吃飯時間，蜷川都會離開教室。我不知道他去哪裡，午休時間結束他就回來了，現在也不在教室。

好像我不曾跟他去過無印似的，在教室時，我們連早安都不說。教室裡的我跟他不知道為什麼，有著同極磁石相互排斥般的距離。兩堂課間的十分鐘休息時間，班上同學都會跟朋友聊天，蜷川總是像脊椎有問題般，把一邊臉頰跟耳朵緊緊貼在桌上睡覺。看到他那樣子，我即使再累、再想睡覺，都不想擺出他那種姿勢。只能像吃飯前說「我要開動囉」那樣，在臉前雙手合掌，將下顎搭在合掌後的兩根拇指上，再將兩根食指輕輕靠在鼻子跟嘴巴上，就這樣閉上眼睛度過十分鐘。

可是，一上課，我就會托著腮幫子，盯著坐在講臺正前方的他。反芻踢他背部時的腳底感觸，身體就會逐漸燥熱起來。唯獨眼睛是非常冷靜地在「觀察」他，呈現眼神跟身體的溫度正好相反的「冷熱交加」狀態。用這種眼神看男生有種莫名的罪惡感，所以只要蜷川稍微動一下，我就會立刻轉移視線。在學校，我最鮮明的感情，就只有這種「冷熱交加」的狀態，課程與教室的喧嚷都是灰濛濛一片，回到家也想不太起來學校發生過什麼事，只覺得脊椎被累積的緊張傾壓得疼痛不堪。

在學校時，一心只想趕快回家，可是回到家，滿腦子又想著學校的事，每天都是這樣的重複。午休結束的鐘聲響起，我緩緩走出窗簾外，發現教室只剩下我一個人。因為第五堂課要播投影片，大家都去體育館了。

才踏入體育館，就有人叫住我。

「啊，等一下。」

我回過頭看，是手臂上戴著「廣播局」臂章的男生，用眼鏡背後的冰冷眼神看著我。

「什麼事？」

「那邊有電纜，小心走，不要絆到電纜。」

不用他提醒，我已經絆到了。在體育館地上直直延伸的橘色電纜，彎彎曲曲地纏住了我的腳踝。用來固定電纜的寬膠帶被扯得縐巴巴，黏在我踩扁室內鞋後緣的腳跟上。播放委員嘆了一口氣，說：

「真是的，請妳就這樣站著不要動。喂——線路組，請重貼膠帶——」

同樣戴著廣播局臂章的女孩拿著寬膠帶跑過來，蹲在我腳下。

「走開、走開。」

她用雙手粗魯地拔開我的腳，倏地撕下一長條寬膠帶，貼在橘色電纜歪斜的部分，用很神經質的動作將電纜恢復原狀。幾十條電纜像血管般，爬滿體育館的地面。電纜的最前端，連接著舞臺上的麥克風與喇叭。其他學生都彼此提醒自己的朋友，小心翼翼地跨過電纜。按理來說，一個人默默地走，應該比邊跟人聊天邊走來得容易集中注意力，為什麼我卻會比他們更不小心呢？何況我還是低著頭走路，竟然沒注意到顏色那麼鮮豔的電纜。其實，我是有看沒有到，在我眼中，周遭事物都只是電視不斷流逝的影像，所以我是在不自覺中，從教室來到了體育館。當然，我是穿過走廊、走下樓梯來到了這裡，只是光看著自己的內心世界，所以什麼也不記得了。待在學校的這段時間裡，我都在大腦中跟自己說話，所以離外面的世界很遠。

黝暗的體育館內，密密麻麻坐滿了一年級生。已經呈現大人體格的高中男生們也縮成常見的小小模樣，排成一長列。好悲慘哪，上了高中還得要抱膝而坐。大家抱膝而坐的形狀大小不一，但是，每個都像是用到一半的橡皮擦，樣子很不好看。我費盡千辛萬苦，走在他們排得歪歪斜斜的行列空隙中。

正東張西望找自己的班級時，看到絹代向我揮手。我走近她，才發現只有她四周有些凌亂，像一堆人群聚般圍坐著。他們那些死黨又膩在一起了，以領導人塚本為中心，圍成了一個小圈圈。

「我們一起看投影片吧，進來啊。」

絹代移動屁股，空出一人份的位子。於是，他們的圈圈變成了視力檢查時的Ｃ標誌。坐在絹代旁邊的吹奏樂社團女生，也抬頭看向站著的我，用很親切的笑容來迎接我。八成是絹代跟他們說了什麼，例如「我們班那個長谷川初實，是我國中時的朋友，她到現在都還無法融入我們班，好可憐哦，可不可以讓她加入我們？」應該就是類似這樣的話，開什麼玩笑嘛。

我沒去坐她空出來的位子，而是避開他們的小圈圈，坐在他們後面的行列中。絹代發出不悅的聲音說「妳幹嘛啊——」，但也沒有靠過來的意思，還是坐在圈圈中。吹奏樂社團的女生刻意抱住絹代的肩膀，安慰她。絹代換上沉穩成熟的表情，深深地點著頭，讓我不寒而慄。一起度過每堂課的休息時間、每天一起吃便當、一起參加考試的朋友，現在竟然把我當成了促進她跟新朋友之間友誼的道具。

廣播開始後，體育館的燈光逐一熄滅。

大銀幕在舞臺上緩緩降下來，放映機開始轉動，舞臺白光閃閃，鮮明的投影片映照在大銀幕上。全組遠足時的照片，隨著播報人員平坦的聲音，一張張被放映出來。但是不管等多久，都不可能等到我的照片出來。如果有，大概也只是拍成了看不清楚鼻子眼睛，甚至分不出性別的小小團體照吧。出現在一張接一張照片中的人，都是很敢說「拍我、拍我——」，自己擠向攝影者的強勢、愛出風頭的學生們。學校的活動，並不是為了讓強忍呵欠還是每天認真來上學的學生們喘口氣，而是為遠足前一天，會在深夜的麥當勞收發「明天好像有遠足呢，去玩玩吧？」這種簡訊的學生舉辦的。可是，那次遠足還算愉快。因為那時候絹代還常跟我黏在一起，坐巴士時也坐在我隔壁，可以睡得很安心。現在我一個人絕對睡不著，只會裝睡而已。坐在旁邊的朋友一直睡覺，她會是什麼心情呢？我猛然張開眼睛往旁邊看，絹代把脖子轉向走道那邊，出神地看著嘻笑怒罵的那些團體。上半身微微傾出座位，好像隨時等待機會投奔他們。

絹代那群小圈圈的男生們，企圖炒熱小圈圈的氣氛，在我前面拚命拿投影片開玩笑。說的全是些言不及義的話，可是，偶爾——真的只是偶爾，也會說些很好笑的話。每當這種奇蹟出現時，我就得開始跟痛苦的自己奮戰。我會用托著腮幫子的手掌把臉頰跟嘴巴擠壓到幾乎歪斜，再用力鎖緊眉頭，努力維持面無表情狀，無論如何都不能讓自己噴笑出來。進入高中後，我不知道多少次這樣忍住不笑。笑就代表放鬆，獨自一個人放鬆需要異於常人的勇氣。萬一換來周遭異樣的眼光，就會很不堪。強忍住笑時，腹部肌肉會不停顫動，很難過。訣竅是把力量集中在肚臍下方，就是所謂丹田吧。因為數不清重複過多少次這樣的動作，所以我的肚子說不定已經鍛鍊出「忍笑肌」了。

為了轉移注意力，不去聽他們的話，我環顧四周，目光又被那熟悉的後腦勺吸引了。他的頭髮睡成了波浪型，其他男生因為頭髮短，只會睡成豬尾巴的鬈曲模樣，可是他的頭髮太長，所以會像綁過橡皮筋般形成波浪。蜷川坐在前面幾排，比我更靠近投影片的位置，卻完全沒在看銀幕。他抱膝而坐，把頭埋在膝蓋中，身體縮得比誰都小。那彎曲的背部，一定很適合印上鞋印；那種沾上了白粉筆灰的運動鞋鞋底印。說不定，某天有人會替他印上去；某個開始適應學校生活後，想藉由欺負人來排解無聊的人。那麼，我一定會羨慕他羨慕得不得了。

不知不覺中，投影片播放完了。在老師的指示下，學生們從第一組開始依序走出體育館，所有人都顯得很疲憊。叫到我這一組時，我也站起來走向出口。鞋櫃前擠滿了學生，我好不容易在推擠中從鞋櫃拿出運動鞋，砰一聲扔在地上。我骯髒的運動鞋，正好扔在一雙很眼熟的紫色 Nike 鞋子旁。我往旁邊看，看到了蜷川。他坐在木條板上，正要脫掉室內鞋。我也在他旁邊坐下來，脫掉室內鞋，換上運動鞋。我側身想跟視線朝下的他說話，可是不知道為什麼，心臟跳得好厲害，什麼也說不出來。蜷川離我好近，就在旁邊。他鬆綁鞋帶的手臂骨骼突出，看起來很硬，我怕被他碰到，本能地將上半身扭成く字形，避開了他的手臂。我微微縮起脖子，從下往上盯著他看，他露出心不在焉的冷漠表情。在學校比我還像死人的眼神，讓我有點毛骨悚然。穿上鞋子，他低著頭站起來，被後面往出口流竄的學生們推擠著離開了體育館。

「剛才那是蜷川吧？」

聽到背後的聲音，我驚訝地回過頭去，看到滿臉好奇的絹代。

「結果妳去了他家嗎？」

「嗯。」

「咦，那麼，他向妳告白了？」

剛才我對她的態度那麼叛逆，她卻可以很快再來跟我這樣熱絡地交談，我很喜歡這樣的絹代。

「完全不是那麼回事。我國中時不是遇過一個女模特兒嗎？」

「啊——以前聽妳說過，是在哪家店遇到的吧？」

「沒錯，蜷川正好是那個模特兒的粉絲，所以他要我告訴他，在哪碰到了那個模特兒。」

「咦?!幹嘛問呢，現在去以前碰到的地方，那個模特兒也不在了吧？」

「嗯。」

「天哪，他還真宅呢～」

「……嗯。」

我有點後悔告訴了她。絹代不是那種會嘲笑蜷川，到處去宣傳的女孩，所以我並不擔心這一點。只是Oli的事本來只屬於我跟蜷川之間的祕密，現在再也不是了。

「絹代，妳怎麼樣呢？」

「什麼怎麼樣？」

「妳打算跟那群人一直混下去嗎？那些人全都被取了很奇怪的

綽號吧？個性鮮明的人，好像都很容易被取綽號。」

我沒有勇氣毫不修飾地直接問她為什麼離我而去，說損人的話比較容易，所以我總是會逃入這種模式中。

「不要提綽號的事，他們都很在意。」

「妳還替他們說話呢。」

「我們是同伴啊。」

同伴這兩個字像芥末般刺鼻，我一副要把辛辣味哼出來般，從鼻子發出聲音冷笑了起來。

「我國中時已經受夠了所謂的同伴。」

「小初，妳太極端了。就算不想跟小圈圈有太深入的往來，還是可以跟他們在一起啊。」

「我就是連那樣都做不到啊。大概是從國中時一直忍耐、一直忍耐，忍到現在一口氣爆發了吧。」

「妳竟然把我們相處的時間說成忍耐。」

絹代有些落寞地喃喃說著，我慌忙補充說：

「絹代都會大笑炒熱氣氛，跟我有說有答，所以我完全不需要忍耐哦。可是，團體的其他人像小代啦、安田啦，都很安靜什麼也不說，只會一直聽人家說話，還聽到好像快睡著，那就很累了。」

每天好像只為了找話題而活著。因為害怕寂靜無聲，只好拚死拚活用無聊的日常生活報告，來掩埋隨時會淹沒船隻的冰冷沉默之水。例如，手指頭這裡受傷了、昨天看的電視很好笑、早上金魚死了，把一天發生的事都說出來也不夠，沉默之水還是一點一滴地滲進來。

「小初每次一開口就劈里啪啦說個不停，而且說得全是自己的事，所以聽的人都只能當聽眾，或是應和妳的話吧。如果妳不要自己說個不停，而是跟別人對話，就不會有沉默的時候了。即使有，也是很自然的沉默，完全不會讓人覺得不自在。」

絹代像在對我諄諄教導。要我向同年齡的朋友學習人與人之間的溝通方法，才會讓我羞恥得想把耳朵塞住。

「別說了。」我拎著脫下來的室內鞋，快步走向體育館出口。

因為不想回去有絹代跟其他同班同學的教室，我直接走向社團辦公室。今天，我想跑個盡興。脫掉制服換上體育服時，其他社團成員也來到社團辦公室，開始換衣服，狹窄的社團辦公室立刻被她們的聒噪搞得鬧烘烘。我在社團辦公室的椅子坐下來，在桌上托著腮幫子等她們離開。並沒有人規定要等所有人都換完衣服才能出去，要去操場隨時都可以去。可是門就在置物櫃旁邊，所以出去時，必須先請正在換衣服的社員們讓出一條路來。

我不想對她們說「借過」；可能的話，我希望盡量避免當第一個開門的人。我壓根不想與世上萬物互動，可是如此努力抹消自己存在的我，卻又害怕去確認自己的存在是不是被徹底抹消了。

我看著她們整理劉海、胡亂打著呵欠，上半身只穿著一件胸罩，喋喋不休地聊著天，不知道什麼時候才會換好衣服。所有社團成員，尤其是學姊們，都穿著很大很誇張的胸罩。不但質料厚實，還穿了一圈鐵絲，脫下來時說不定還可以保持原狀挺立著。顏色大多是白色或粉紅色，整片罩杯上都是數也數不清的錦簇小花。

「我們來討論暑假社遊吧？」

一部分換好衣服的社團成員，各自拿著行事曆本子，在我附近嘎噠嘎噠地坐了下來。位子突然變得很擁擠，我好想趕快站起來離開。可是又怕突然站起來，大家會盯著我看，所以儘管托著腮幫子的手肘越來越僵硬，我還是繼續坐著。

社團成員們紛紛提出活動方案，用五顏六色的筆，把厚厚的迪士尼行事曆本子的行程預定欄填得滿滿的。要度過充實的暑假，就得在期末考剛結束的這個時候開始行動。上次的會議已經決定暑假中的社團活動練習，一個禮拜只有一次，所以我們的暑假空閒得不得了。練習日程這麼少的運動社團，大概哪裡也找不到吧；這是社團成員們巧妙說服了老師的成果。

「八月後半要做什麼？」

「做什麼好呢……要不要去游泳池？」

「咦——那是七月要去的吧，我可沒錢去那麼多次游泳池哦。」

「那要做什麼呢？妳不要光抱怨，提點方案嘛。」

大家的臉上甚至浮現出了絕望。因為把遊樂場、游泳池、跳蚤市場、聯誼會，所有想得到的活動都放進去，還是填不滿暑假的四十個空格。為了策劃社遊，把心情搞得烏煙瘴氣是很不值得，可是不做這樣的努力，暑假就會沉重得讓人喘不過氣來，大家都不想嘗到暑假因為太空閒而轉變成痛苦的悲慘心情。

一直暴露著胸罩的學姊終於穿上了體育服，但胸罩還是繼續陳述自我主張，刺繡小花部分凹凹凸凸地透出表面。就像把紙鋪在十圓硬幣上，再用鉛筆在紙上塗抹，浮現出十圓硬幣的圖案那樣，如果用鉛筆在她體育服的胸部部位塗抹，應該也會浮現出胸罩上複雜的小花刺繡圖案。那個胸罩學姊感覺到我的視線，露出詫異的表情，我只好趕快假裝看寫著社團預定行程的月曆。

「小初，妳也跟我們去玩一次吧？」

她猛然拍了拍我的肩膀，我這才發現圍繞桌子坐著的人全都看著我。竟然會連我都邀，而且問得這麼突然，讓我有點不知所措，臉頓時燙熱起來，一時之間說不出話來。就在我窮於應付時，一個社團成員拉高嗓門說：

「對了，像小學時那樣大家一起去玩吧。在鄉下玩得像男生那樣瘋狂，騎著腳踏車到處去，再去我家吃西瓜。」

「好耶，說不定是很好的身心調劑——」大家一起把視線從我身上移到提案的人身上，叫好聲此起彼落。有點亢奮的她們，妳一言我一語地說著，完全沒有我插嘴的餘地。就像大家一起玩跳繩，我怎麼樣都跳不進繩子裡。我只能時而張嘴時而閉嘴，看著大家一頭栽進計畫中，很快就把邀我的事遺忘了。我也假裝忘了她們的邀約，繼續看著月曆。

我的暑假空格，一格也沒填滿。對這個連碰都還沒碰的暑假，我有著某種說不出的不安。我是否有足夠的耐力，忍受無限延伸的空閒沙漠呢？

才在操場開始練習沒多久，就啪噠啪噠下起了傾盆大雨。只好暫停社團練習，所有社團成員都到體育館的屋簷下避雨。屋簷下有股涼意，溼淋淋的背部都隱約透出胸罩線條，大家用毛巾擦拭著身體，被敲打地面的大雨聲震懾得目瞪口呆，說不出話來。可是當發現老師在煙霧般的大雨中往這邊走來時，大家又恢復了活力。

「老師的頭溶化了！」

老師的註冊商標——自然鬈，被雨淋得貼在額頭上。看到大家指著他笑，他立刻裝出很無辜的表情，一副受到驚嚇的樣子，叭噠叭噠眨著眼睛。他根本不是這樣的人，只是學聰明了。我知道社團成員們接著會說什麼，老師一定也早想到了。

「欸——老師，已經下雨了，停止社團活動啦——」

這是她們的一貫伎倆。可是自從老師隱瞞光化學煙霧警報那天以來，我就覺得這種情景比以前更令我難過。我坐在墊子上，一個學姊走過來坐在我旁邊。

「下這麼大的雨根本不可能練習，衣服都白換了。」

「這應該是陣雨，很快就會停了吧。」

「嗯，我也知道，所以對『撒嬌隊』發出了『快啊！』的警訊。能不能在雨停之前說服老師是勝敗關鍵呢。」

學姊用很開心的眼神，看著包圍了老師的社團成員們。我不知道她是閒著沒事幹來找我說話，還是真的很和藹可親。

「妳累了，可以先回去哦？」看我沒回話，學姊這麼說。

「不行，還要收東西呢，障礙欄被雨淋到會生銹。」

「只要所有女社員們說『我們不想在這種大雨中收東西』，一定就不用收了。放心吧，老師是很好說話的人。」

她們總是說，因為老師好說話，所以忘了維護操場、忘了鎖體育倉庫、社團活動後大夥兒去喝酒，都沒有關係，而且話中完全沒有輕蔑的意味。所以當我聽到頭上混雜著白髮的大人，被說成「很好說話的人」時，就覺得很悲哀。不禁要想，人活那麼長有什麼意義呢？

「田徑社團的氣氛越來越好了，去年那個顧問是斯巴達主義，只看紀錄數字，很多新加入的社員都退出了。今年，老師跟大家處得和樂融融，社團活動變得快樂多了——」

「老師是被大家馴服了吧？」

我拋出這句話後，才驚覺糟了。空氣緊張地震盪著，一股寒氣襲向肌膚。學姊直直看著前方，低聲吐出一句話來：

「妳的眼睛總是閃爍著銳利的光芒，卻什麼也看不見。我只想告訴妳一件事，那就是我們都很喜歡老師，比妳多很多。」

或許我是什麼都不知道吧，說不定田徑社團成員們跟老師之間，確實有毫不虛假的羈絆。不，有才怪呢，根本不可能有。學姊剛才說的那些話，只是在虛張聲勢而已。為了讓完全不受學姊們的做法影響，總是冷眼看著她們的我倍感威脅，而表現出的虛張聲勢。

結果，社員們還來不及說服老師，雨就停了。大家又開始練習，兩個人一組進行一百公尺賽跑。輪到我時，老師的哨子一響，我就使盡全力衝了出去。濺起被雨淋得鬆軟的泥土往前跑的我，在轉彎處轉彎時，稍微滑了一下，為了恢復平衡，只得提高大腿來跑，結果太過使力，腳步變得更沉重，速度隨之減慢，只好眼睜睜看著跟我同組的女孩的馬尾逐漸遠去。跑到終點後，我喘著氣，拍拍這個同組女孩的肩膀，笑著對她說：

「妳跑得好快，真羨慕妳，我好不甘心哦。」

我露出比賽結束後的溫馨笑容，還絲毫不覺得不甘心地說著好不甘心哦，我以為這樣彼此吹捧，就算不能成為好朋友，也可以相安無事。可是，綁著馬尾的社員，卻帶著困惑的笑容，轉身從我身旁走開了。

「喂，太過稱讚贏妳的人，會養成輸的習慣哦。」

老師的聲音向我飛來。

「練習時抱持不甘心的心情也非常重要，要不然正式比賽時也會有婦人之仁，必須在練習時學會如何激發鬥志。」

老師以再正經不過的表情，說得慷慨激昂。我好像見到了一個平日癡癡呆呆，突然恢復了正常的阿伯。

「長谷川，妳向來很認真練習，以後會有更大的進步。」

看他說得那麼使勁，整顆心不禁糾結起來。我趕緊撇開視線，眼淚都快掉下來了。老師真的好討厭哦。

我希望他肯定我，也希望他原諒我。還希望他像把纏繞在梳子上的頭髮一根根拔除般，也把纏繞在我心中的黑線，用手指一條條揪出來，扔進垃圾桶。

我就是這樣，老希望別人來幫我，卻想不出任何我可以幫別人做的事。

蜷川已經四天沒來學校了，他在講臺正前方的座位空得非常醒目。班上豪放的女生把腳擺在他的課桌上，笑著說：「我們班上出現等不及放暑假的拒學兒啦！」下課休息時間，絹代難得來找我說話，話題還是關於他的事。

「蜷川為什麼不來學校了呢？小初，他有跟妳聯絡嗎？」

「沒有，完全沒有。」

絹代那個小團體的其他成員，也都興味盎然地向我靠過來。這群人似乎是要圍著我說話，八成是絹代跟他們的「良心」使然吧。可是，他們還是拉開了一層薄膜，那是用笑容及盤根錯節的視線，一點一點拉開來的膜。橡皮材質的薄膜既薄又透明，但當我畏畏縮縮地伸手觸摸時，就會被輕柔的彈力彈回來；那應該是他們下意識的反應吧。那樣被彈回來之後，我覺得比以前不跟任何人說話時，更加徹底孤獨了。

「我們班幾乎沒人請假，所以很引人注目，大家都會說他是拒學吧。」吹奏樂社團的女孩同情地說。

不，跟幾乎沒有人請假無關，是大家認為蜷川大有可能拒學，才會傳出這樣的謠言。然後，當他又若無其事來上課時，輕微的失望就會在教室彌漫開來。我可以清楚模擬那種狀況，因為如果是我請假，一定也會引發相同的反應。

「會不會只是感冒了？」絹代說。

「咦?!這麼熱的天氣才~不會感冒呢，應該是拒學的機率比較大吧？那傢伙一個朋友都沒有，要是我才受不了呢，來學校也沒有人可以說話嘛……」

「唾本，你話很多耶。」話銜口而出後，我自己也被這句話的尖銳度嚇到。因為說話時老是噴口水，所以被班上豪放女生們取了「唾本」這個綽號的塚本，目瞪口呆地看著我。絹代的臉色大變，小團體其他成員的眼神也全都變了色。瞬間，我覺得絹代他們都變成了同一張臉，背脊頓生一股涼意。他們正以看著「外人」的眼光看著我。

可是，塚本本人卻毫不在乎地笑著說：

「我現在也還會噴口水哦。」

說完，又打開了另一個話題。絹代用複雜的表情瞥我一眼後，立即轉身加入了她那一群的話匣子。突然間，我直接碰觸到了寂寞，那清水般新鮮的冰冷，讓我全身顫抖。

打從出生以來，我第一次做「探病」這種事。我已經記得蜷川家怎麼走了，這一帶大概是流行重新裝潢或蓋新房子吧，工程中的房子特別多，我跟蜷川一起走時都沒發現。新房子飄揚著「出售中!!」紅旗的潔白牆壁，將陽光反射得好刺眼。突然聽到工程的巨大聲音，原來是也有正在建造中的公寓。我從前面走過，看到圍住公寓的隔音牆前面，貼著爬滿紅磚瓦的長春藤景致照片。這張照片的目的，應該是在提醒大家不要破壞了城市的外觀。可是長春藤綠得太假，反而產生了反效果。蜷川家兩側也都是新房子，他家的藍色磚瓦屋頂夾雜在灰色細長且飄逸脫俗的建築之間，就像根本沒人使用，還莫名其妙擺在我家架子上的老舊手動削鉛筆機。聽說那個削鉛筆機是爸爸小時候用的，上面貼滿了以前的卡通貼紙。

我按下門鈴好一會後，伯母才打開玄關的拉門，從裡面探出頭來。

「妳是智的朋友？」

「是的，我來探望他……」

我猜是蜷川母親的這位伯母，沒有任何化妝，皮膚有點黑。跟蜷川完全不一樣，外表相當開朗，露出和藹可親的笑容。

「哎呀哎呀，謝謝，快進來吧。妳是他高中的朋友嗎？」

「是的。」

伯母後面是蜷川從來沒有打開過的障子拉門，現在敞開著，裡面是光線非常充足、小巧雅致的客廳。大型電視開著沒關，整個客廳都是白天節目的笑聲，冬天時用來當作暖桌的矮桌上，擺著熱水瓶與用洗衣夾夾住的點心袋。和室椅上有隻貓，看到我也不害怕，慵懶地趴睡在紅色花呢格紋的坐墊上。我覺得我是第一次看到這個家真正的樣子；不是那種老舊陰森的家，而是很適合用親切這個溫馨的字詞來形容的家。

「智一定會很高興，他現在在二樓，我帶妳去吧。這個家的結構有點複雜，沒那麼容易走到二樓。」

「我可以一個人去。」

伯母收起笑容，看著我的臉。

「我知道了，妳是上次來過的那個人吧？」

「是的。」

嘴角兩端刻劃著清晰皺紋的伯母，換上正經八百的臉孔時還頗有威嚴，嚇得我連連倒退了好幾步。

「下次來的時候，要像今天這樣，跟我打聲招呼哦。妳也不希望有不認識的人，背著妳在妳家進進出出吧？」

我頓時語塞，片刻才擠出一句真是對不起。伯母說得沒錯，可是不習慣挨罵的我，還是無法坦然反省。心想，人家純粹只是跟著蜷川的做法去做，以為他家就是這樣的家而已嘛。

我一個人走上樓，打開二樓的障子拉門時，蜷川正趴在光線依然微暗的房間中央墊被上，攤開報紙看著。

「咦，長谷川同學?!妳怎麼來了?!」

「來探望你啊。」

「探望？我只是感冒耶？妳真～誇張，謝啦。」

看到蜷川好像沒洗澡（感冒所以應該沒洗吧）的髒黑的臉，還有不斷吸著鼻子的樣子，我整個人都洩了氣。

「班上同學都說你拒學，所以我來看看是不是真的。」

「少扯了，我才休了四天啊。只是感冒而已，因為我徹夜守在Ticket Pia 買票。」

蜷川坐起上半身，穿著幾天前可能還晾在陽臺上的芥黃底細灰格子睡衣。

「那是什麼？」

「我帶來探望你的桃子。」

這不是鄉下送來的，也不是特地去水果店買的，是我從我家冰箱偷來的；我把兩顆裝的桃子放在榻榻米上。

「這個房間有刀子嗎？」

「沒有，可是桃子已經熟透了，應該可以用手剝。」

蜷川打開冰箱，最下面一層堆滿了碗盤，好像是刻意用來填充冰箱空蕩蕩的內部。

「現在沒有叉子。」他說著，拿出兩個盤子跟筷子，再拿出礦泉水，很小心地傾斜倒出一直線水柱涮涮手後，開始在報紙上剝起桃子的皮。

「那張報紙會不能再看了哦。」

逐漸被桃子汁沾汙的報紙是體育娛樂版，上面印著斗大的藍色字體「〇〇離婚」，下面再用很小的字體寫著「へ」字。

「我沒在看，所以沒關係。」

蜷川用溼答答的手摺起報紙，下面冒出很熟悉的時尚雜誌，三本都是翻到 Oli 那一頁。

「我聽到有人上樓的聲音，還以為是我媽呢。她看到我在看這種雜誌，一定會覺得很噁。」

「剛才我被你媽訓了一頓，她說來你家時，起碼要跟她打聲招呼。」

「我媽知道了？她什麼都沒跟我說，我還以為她都不知道呢。」

大概是罵別人的孩子，比罵自己的孩子容易吧。

「我爸媽都有點怕我，因為他們從來沒有接觸過像我這種老是窩在房間裡的人。」

太可笑了，連跟自己的父母都處不來。這種類型的人又跟不良學生不同，是最糟糕的類型。我比他好多了，我可以很自然地跟父母說話，還有絹代這個朋友……不對，我算「還有」絹代這個朋友嗎？

枕頭旁擺著裝了茶的杯子，我發現杯中有奇怪的東西。

「冰塊裡面有毛毛蟲呢。」

「不是啦，那是香草，結凍後縮小了。我是照這個做的啊——可是沒變成參考照片上那樣。」

攤開的雜誌上，有「Oli食譜．香草冰塊做法」。食譜旁邊是Oli穿著圍裙的照片，露出親切的笑容看著我們。

蜷川看雜誌看得太出神，含在嘴裡的糖果掉了出來，掉在又薄又軟的毛巾被上。

「啊，糖果。」

蜷川用手指抓起糖果。黏答答的橘色三角形糖果上，沾滿了毛巾被的毛絮。急驟的虛無感襲向我，使我的心逐漸乾涸。

「你很噁心耶。」

「什麼很噁心？」

「開口閉口都是 Oli、Oli。」

我從袋子裡拿出錢包，把小心收藏在錢包裡的剪接照片拿出來，放在榻榻米上。蜷川把臉靠過來，緊盯著照片看，接著，臉色突然亮了起來。

「我還以為弄丟了呢。這張照片雖然粗糙，可是有她誘人的地方，我很喜歡。」

他的反應太不尋常了。這種東西被別人看見，他一點都不覺得可恥；被我偷走，他也一點都不生氣。看著他爬向「粉絲箱」，邊吸著鼻涕邊慎重地把照片夾入檔案夾中，我整個人不寒而慄。彷彿我根本不存在似的，他全神貫注看著照片，完全脫離了這個世界。我好怕他老是重複這樣的舉動，總有一天會回不來這個世界，不由得抓住了他的手。

「蜷川，我們談談 Oli 之外的事吧？」

「咦，例如什麼？」

「該談什麼呢？總之，什麼都行。」

「……那就談有趣的電視節目吧？」

「……嗯——可是我最近都只看早上去學校前的新聞，所以不太能聊。」

「那麼，來談妳喜歡的晨間新聞節目吧？」

「咦？那種節目會有趣嗎？」

「那就算了。」

兩人默默思考著話題。我很快就想到了一個，可是又很難說出口，只是用筷子撥弄著整顆放在盤子上的桃子。桃子已經熟透，筷子稍微用點力就剜成了兩半，白色果汁流在盤子上。

「你覺得班上同學怎麼樣？」我用黑色筷子將桃子切割成好幾小塊，但一口也沒吃，若無其事地問他。

「會不會覺得他們很沒水準？」

蜷川看著我，瞬間成了靜止狀態。不久後，才好像搞清楚了所有狀況似的點點頭。

「我想起來了，生物課分組時，長谷川同學也是挑剩的人。」

「挑剩的人」的震撼如驚濤駭浪般襲向我，讓我頓失所措。他對朋友向來毫無感覺；不，應該說他對 Oli 之外的現實都毫無感覺，才能若無其事地說出這麼令人沮喪的話。

「我不是挑剩的。該怎麼說呢，我雖然不太跟班上同學說話，但那並不是因為我『怕生』，而是因為我會『挑人』。」

「嗯、嗯。」

「因為啊，我挑人的品味相當高，所以，跟幼稚的人說話會很累。」

「『挑人的品味相當高』是種超低級的興趣吧？」

他不以為意地用鼻音說，讓我相當不悅。

「但是，我可以理解那種心情。啊，應該說我好像可以理解妳說這種話的心情。」

同意歸同意，卻並非我要的答案，然而他這番話也不可思議地安撫了我的心。我把一小塊桃子含在嘴裡，溫溫的感覺，包覆著舌頭般的甘甜，立刻在嘴裡擴散開來。

「好痛。」吃著桃子的蜷川皺起了眉頭。

「怎麼了？」

「我的嘴唇太乾破皮了，碰到桃子汁好痛。」

可能是鼻塞用嘴巴呼吸的關係，蜷川的嘴唇都乾到龜裂了，難怪會覺得刺痛。看到用大拇指貼著嘴唇皺起眉頭的他，我反射性地衝口而出說：

「真假，太棒了。好想碰、好想舔。」我的身體不由自主地移動，在他半張開的嘴唇的龜裂處倏地舔了一下。有血的味道。

蜷川立刻把臉往後縮。

「好痛，妳在幹嘛啊？」

他滿臉驚慌，先用大拇指擦拭嘴唇，再用睡衣的袖子繼續擦。看著他這樣的舉動，我才恍然驚覺自己做了什麼事。於是，臉部僵硬起來，全身血液迅速往下竄流，找不到任何藉口。

「長谷川同學，我完全不知道妳在想什麼。有時候妳看我的眼神很奇怪，現在也是這樣。」

「咦？」

「有時還會變成輕蔑的目光，譬如我在聽 Oli 的廣播時、在體育館坐在妳旁邊穿鞋子時，妳都是用連碰都不想讓我碰到一下般冰冷的輕蔑眼神看著我。」

不，那不是輕蔑，而是有某種更熾熱的物體卡在胸口讓人喘不過氣來，我才會露出那種眼神。先別說我的眼神到底怎麼樣，蜷川這傢伙竟然一直注意著我，我還以為他只是透過我看著那個Oli呢。

「但是，我並不討厭妳哦。啊，對了，要不要跟我一起去看演唱會？我幫妳出票錢。」

他突然想起來似的，冒出了這句話。我完全搞不懂眼前這個男孩到底在想什麼。

「我買了四張，太多了。當然，如果妳沒興趣就算了。」

「沒撞期的話就去。」

「下禮拜六傍晚。」正好是有社團活動的日子，但我還是點了點頭。

「要來嗎？門票一共有四張，妳可以約兩個朋友一起來。」

「我才不約呢，又不是什麼名模的演唱會，誰會想去啊。」

「可是白白浪費兩張門票太可惜了。」

「你約一個朋友去不就行了？」

「我沒人可約。」

「一個都沒有？」

「有一個，就是妳。」號召力實在太低了，比我還差。

「真沒辦法，那我就約我朋友小倉絹代一起去吧？」

「嗯，可是，這樣門票還是多出一張……沒辦法，雖然捨不得，也只能賣掉了……」

他不死心地喃喃自語著，我只好假裝沒聽到，因為我也只有絹代可以找。

「既然沒人可約，幹嘛買四張呢？」

「因為一個人最多可以買四張，我從凌晨四點開始排 Ticket Pia 買票，只買一張就回家太不值得了。」搞不懂他這種斤斤計較的心態。

「你還因此感冒了吧?就算是第一次看演唱會，你也興奮過了頭啦。」

「也許是吧，而且不知道為什麼，我現在就開始緊張了呢。」

不知不覺中，還是回到了 Oli 的話題。剛才嘴唇互碰的事彷彿不曾發生過，不，應該說是自然消逝了。就像用手指去按壓軟墊，凹陷的地方也會因為柔軟的彈力瞬間消逝，又恢復原來的平整表面，就是這麼自然。

「我當然不可能害怕活生生的 Oli 會讓我覺得幻滅，可是，緊張程度就是勝過期待。」

談起 Oli 時的蜷川，沒有平常那種虛無感，顯得非常認真，說話都像在說給自己聽。第一次跟Oli面對面的他，會是什麼樣的表情呢？

從蜷川家回到家後，我立刻打電話給絹代。電話旁有椅子，可是我並不想坐下來。

「喂、喂，這裡是小倉。」

「絹代嗎？」

「小初？怎麼了，好久不見——」

感覺上好像是真的很久了。

「前幾天，我叫塚本『唾本』，真的很對不起。」

電話那頭瞬間安靜下來。

「小初道歉了呢～好難得哦～沒事啦，不用放在心上。因為『唾本好囉唆』這句話，現在已經成了我們之間的流行語了。」

「是嗎？對了，下禮拜六有蜷川很喜歡的那個模特兒的演唱會，他說有多的門票，我們三個人一起去看吧？」

我討厭自己這種連珠砲般的急迫語氣，好像我道歉就是希望她答應跟我們一起去。

「哇，太驚人了，這是想都沒想過的行程呢。妳等一下，我去拿我的行事曆。」

聽著她逐漸遠離的腳步聲，不由得想起國中時曾去過幾次的絹代家。電話是擺在廚房旁邊，可能是有人在洗碗盤，隱約可以聽到流水聲。我一直很緊張，當絹代再拿起聽筒時，我的緊張已經到達極限。不過是約女生朋友一起去參加很普通的活動，我幹嘛緊張成這樣呢？

「太好了，我可以去。」聽到這樣的回答，我竟然高興到好難為情。

禮拜六，我一到會合地點——車站月臺，就看到坐在地上死氣沉沉的蜷川，與見到救星出現般看著我的絹代。

「小初，妳遲到啦！蜷川說『再等下去會趕不上演唱會』，他非常焦躁不安，把我嚇死了。」

我沒有戴手錶，所以不清楚確切時間，但最少遲到了三十分鐘以上。我走近坐在骯髒月臺上動也不動的蜷川，他卻連揚起視線來瞄我一眼都不肯。

「不用放在心上，我並沒有焦躁不安。」

「你明明就有！在月臺走來走去，還猛咬車票。小初，我跟妳說，蜷川剛才一直盯著某個定點，猛咬車票呢。」

「咬車票是我的習慣嘛。」蜷川無可奈何地擠出陰鬱的笑容。

絹代嘆口氣，在我耳邊小聲說：

「小初，不管妳跟他怎麼樣，我可是跟他一點都不熟哦。突然要我跟他一起等妳這麼久，簡直讓我無所適從。」

「對不起，我選衣服選太久，所以遲到了。」

「這就是妳千挑萬選，選出來的衣服？」

絹代皺起眉頭，用看起來已經沒那麼不自然，但眼皮還是塗得太白的眼睛看著我。

「是啊。」

「……很適合拿支捕蟲網。」

我穿著改短的牛仔褲，配上暗紅色跟褐色粗橫線條的大袖口Polo衫，把錢包插在牛仔褲的後口袋裡，兩手空空地來了。平常都穿制服，不需要買什麼新衣服，所以我只有起了毛球、活像備用睡衣的衣服。腳下的窮酸模樣，更成了我的致命傷。黃色涼鞋上，清楚可見腳趾留下來的黑印子。我以為穿涼鞋會比那雙破布鞋好，所以選擇了涼鞋。可是到陽光充足的地方一看，才知道爛得不相上下，涼鞋甚至比布鞋還糟。而且，在家時完全沒發現，到了光線明亮的月臺，才發現穿體育服時曬出來的印子清清楚楚地露了出來，所以儘管天氣很熱，我還是把 Polo 衫的白色釦子扣到最上面。絹代的穿著跟國中時一樣——牛仔褲配T恤，但仔細看，會看到T恤上若隱若現的名牌 logo，牛仔褲也是緊身七分褲，露出腳踝，很可愛。鞋子新的像還沒有穿去過學校，她在小細節的打扮比國中時更講究了。曾幾何時，連耳洞都穿了。我跟絹代站在一起就像姊姊跟弟弟，所以我稍微跟她拉開了一點距離。蜷川穿著英文報紙圖案的開襟襯衫，印滿英文字的灰色襯衫，幾乎要跟車站風景融為一體。漿得硬挺挺的尖領，看起來好像會刺人。

快速電車夾帶灰塵濛濛的熱風，滑進月臺。我們三人搭上電車，找到面對面的座位坐下來，我跟絹代坐在一起，蜷川坐在我們對面。

他把門票交給我們，上面寫著「Oli-Chang First Live Tour」。

「這張門票要三千五百圓呢！我自己出。」

我仔細看門票，上面果然印著票價。看到絹代開始在袋子裡摸索錢包，我慌了起來。

「絹代，這又不是妳想來看的演唱會，所以妳不必付吧？」說完，我又小聲地補上了一句：「當然，票不是我買的，所以我不能決定就是了。」

「沒關係、沒關係，我打工就是為了這種時候。」

原來絹代有在打工，我第一次聽說。她在我不知不覺中，越來越活躍了。絹代從袋子裡拿出錢包，開始數鈔票。

「我可不出哦。」

我重重地撂下這句話。其實是拿不出來，因為我沒有打工，甚至連打工的念頭都沒有過。總之呢，我那個用魔鬼氈開關的尼龍製錢包裡，只有三千圓。

「可是，我有出車錢哦。」

多加這句話，更讓我自慚形穢。我不但遲到、沒錢，穿得又寒酸，說不定比國中時還要淒慘。

「不用給我錢，是我找妳們來的，我當然要支付全額。」

聽到蜷川堅定的語氣，我鬆了一口氣，絹代也停下了數零錢的手。

「別說這個了，妳們看，太陽都快下山了，說不定趕不上演唱會了。不過，那也沒關係，我跟Oli好像沒什麼緣分。」

蜷川把頭靠在窗戶玻璃上，一臉絕望地看著被夕陽染了色，逐漸遠去的窗外景色。

我們三個人都在沉重的氣氛中，默不作聲地看著窗外的夕陽。

門票上記載的開場時間已經迫在眉睫，如果沒趕上，說不定蜷川每天晚上，都會在那間泛黃的正方形房間裡詛咒遲到的我。

到達目的地車站，我們一下電車就開始跑。可是，車票被蜷川咬得又溼又爛，沒有辦法通過自動剪票口，必須去有站員的窗口確認車票，又浪費了一些時間。一出車站，我們就看著地圖，馬不停蹄地奔馳在陌生的街道上。剛下班的上班族露出驚嚇的神色，閃避我們三個橫衝直撞的人。跑得氣喘如牛的我們，跟高樓大廈林立的大馬路，顯得格格不入。我的涼鞋發出嘶啪嘶啪的拍打聲，沒神經地響徹了整條大馬路。道路兩旁每隔固定間距就有一盞路燈，一個個蜂蜜色光圈照在奔跑的我的雙臂上，拖著長長的尾巴往後流逝。跑到一座大橋時，我在沒有放慢腳步的狀態下，眺望著橋下被夕陽反射得波光瀲灩的河川。頓時，我有種現在不該有的舒爽感覺，我又加快了腳步，身體彷彿就要在風中融化了。跑下橋時，我已經領先他們兩人了。再順著下坡道一直跑，我們看到高速公路下面，有一棟形狀怪異的建築物，很像外太空基地。拿著地圖的蜷川說「就是那一棟」。當我們抵達時，建築物入口斜坡上已經擠滿了人，排了好幾條長長的隊伍。

「太好了，還沒開演，我們去排隊吧。」

「我、不行了，快死了。」絹代踉踉蹌蹌地脫離隊伍，無力地癱坐在較地面稍高的石磚上，頭部上仰喘著氣。

「長谷川同學，妳也去休息吧。穿涼鞋跑那麼久一定很累，妳去那邊休息吧。」

跟著隊伍緩慢前進，滿臉倦怠的蜷川這麼說。對哦，我穿著涼鞋——這才感覺到腳趾異常疼痛。低頭一看，兩腳大拇趾正好碰觸到涼鞋帶子的地方，已經破皮了，冒出像葡萄柚粉紅果粒般的小小顆粒。看起來很痛的樣子，害我突然覺得全身無力，在絹代旁邊坐了下來。

我還喘個不停，眼睛看著隨隊伍前進的觀眾們。大部分是比我們年長一些的女性，因為 Oli 是時尚模特兒吧，感覺很多人的穿著打扮都很時髦。沒有人拿大包包，很多人都只是把腰包纏繞在腰上。男生很少，顯然都是被女朋友拖來的，偶爾才會看到一兩個神情興奮緊張、單獨行動的男粉絲；也就是蜷川這種人。

「那傢伙也有他的優點呢，會讓女生休息，還會幫女生出門票錢。」旁邊的絹代這麼說。

「幹嘛突然說這個？」

「我的意思是……你們下次可以單獨去約會了吧？」

「約會?!」這是我想都沒想過的單字。

「不是啦，絹代，今天才不是什麼約會呢，蜷川只是來看 Oli 而已。」

「是這樣嗎？蜷川是想讓自己喜歡的人更了解自己吧？」

絹代說得太離譜了，但是我又解釋不清楚怎麼離譜，搞得我好煩躁。

絹代看我說不出話來，大概以為我是害羞，會心地笑了起來。說真的，這樣跟絹代相處的時間，反而感覺比較像約會。因為我一直很擔心，能不能跟絹代聊得起來。

「小初，跟妳聊這種事很難為情呢，因為國中沒聊過。」

絹代的嘴巴像橡皮筋般微微圓張，脹紅了臉笑著。那是我很喜歡的絹代害羞時的笑容，帶點迷糊的感覺。

會場旁邊有販賣演唱會周邊商品的攤子，但買的人並不多。Oli的海報跟月曆樣品，從攤子頂端懸掛下來，讓客人一眼就看得到。好像有很多商品都很適合放進蜷川那個粉絲箱裡。

「你去買周邊商品吧？換我來排了。」

我站起身來，走向蜷川，這麼跟他說。結果排在他後面的兩個高個子女生，反應比他快了一步。

「她說有在賣周邊商品呢，要不要去買？」

「咦——怎麼樣的商品？」

其中一個女生挺直了背脊，往攤子望去。

「好土的T恤一件賣四千五百圓。」

「真的耶——海報也要一千圓呢。就那麼薄薄一張，還把Oli拍得那麼老。還有，妳不覺得那個護腕很俗嗎？」

這兩個看似粉領族的女生，把周邊商品一個個批評得一文不值，嚴苛到令人懷疑她們到底是不是Oli的粉絲。

「……不用了。」蜷川直盯著攤子看，一臉的渴望，卻這麼對我說。

站在入口處的相關人員將我們的票撕去半張，再檢查行李。輪到我們進入會場時，已經到了人潮擁擠高峰。四周被這麼多人包圍，我在孤獨空間培養出來的自我保護層，自摩肩擦踵中逐漸淡去，心情變得怔忡不安。

會場整隊的男工作人員用擴音器高喊著「不要急，請慢慢往前進」，可是人群密度越來越高，完全像被人從後面猛推著走。我聽到絹代說「小初，小心不要被踩到腳趾頭」，趕緊把腳趾頭縮進內側。我走得越來越慢，蜷川抓住我的手腕，拉著我向前走。他的手指頭好熱，好像會在我的手腕上烙下印子。會場沒有排椅子，要站在哪裡看都行，更激發了觀眾們的鬥志。原本耐著性子排隊的人們，為了盡量靠近舞臺，從後面擠上來，強行從旁切入，以推倒其他觀眾的衝力往前行進。女生們嘻嘻哈哈地尖叫著，以令人難以置信的力量推擠過來。蜷川也不輸給她們，用力抓著我的手腕，拚死拚活地推開人群往前進。被擠得肩膀一高一低，還是拚命往前進的他，露出了那種很適合他的困擾表情。

「你喜歡痛嗎？」

如果他說喜歡，我一定就不想踢他了。因為踢的人跟被踢的人同樣開心，感覺就有點骯髒齷齪了。

「很討厭啊，妳幹嘛問這個？」

他可能認為我是在諷刺他，不悅地放開我的手，停下前進的腳步。結果，我們停在離舞臺很遠的位置。個子不高的絹代在我旁邊一會兒挺直背脊，一會兒搖頭晃腦，尋找勉強可以看到舞臺的位置。天花板上爬滿了黑漆漆的外露管線，好像隨時會有螺絲釘掉下來。整個會場內籠罩在香煙般的煙霧中，不管我怎麼張大眼睛看，視線都模糊不清，讓我很沒有安全感。

燈光完全暗下來，鬧烘烘的觀眾們都屏住呼吸，安靜了下來。當觀眾們都盯著舞臺看時，我則屏氣凝神看著蜷川。舞臺燈光明亮起來，白光照射在他臉上。瞬間，他彷彿看到什麼非常刺眼的東西似的，痛地瞇起了眼睛。緊接著，周遭觀眾發出了狂喜的歡呼聲。

Oli 站上了舞臺。現在，蜷川第一次見到了活生生的 Oli。

音樂以超越想像的大音量嘶吼著，立刻淹沒了整個會場的空間。周遭觀眾都不約而同舉起雙手，全身帶著韻律跳動起來，所以四面八方都躲不開狂亂的接觸摩擦。蜷川沒有舉起雙手，也沒有隨著韻律晃動身體，跟我一樣被人推擠得站都站不直。可是，他還是露出饑渴的表情，著迷似的看著 Oli。我聽不太清楚她唱的歌詞，但從這首歌開朗的曲調以及觀眾們的表現來看，就知道不是那種需要認真聽的曲子。絹代已經融入情境，儘管沒聽過這首歌，還是隨韻律向上跳。只點著頭的我，就像來參觀學校上課的母親。我也嘗試著模仿周圍的人，舉起手來，配合音樂揮動，但我揮手的樣子就是跟周圍的人明顯不同；從手中湧出的力量不同。大家的手，像猛烈衝向舞臺的波浪般高高低低揮舞著。儘管高高舉起的兩隻手臂已經隨著旋律前後擺動，還不時打著節拍，這些手還是像渴望著燈光中的什麼似的揮舞著。而蜷川的眼睛，顯得比那些手更渴望 Oli。他緊緊盯著 Oli 看，彷彿自己就要消失不見了。

音樂到第二首就結束了，換成如何漂亮穿出牛仔褲的講座。這下我才看清楚了舞臺上的 Oli，果然是我在無印良品見到的那個人，同樣有著笑起來就會柔柔下垂的眉毛。可是，現在感覺卻很遙遠。

「這是今年春天新出的修身牛仔褲，橘色的縫線非常可愛。紮腰帶的地方，可以用手巾來取代皮帶。」

她退回舞臺側邊，換上不同的牛仔褲出來，又是一陣歡呼聲。她絲毫沒有模特兒味，像個孩子般嬌羞地轉個圈子，展現出那條牛仔褲的優點。這個演唱會好像有廣播電臺的現場轉播，坐在舞臺旁邊的男ＤＪ，應和 Oli 的話說：「那條牛仔褲是限量版吧——」可是Oli太亢奮了，沒有在聽他說話，用明亮高亢的聲音，自己一個人說個不停。

音樂聲又緩緩響起。垂掛的舞臺背景布幕上，印著時尚雜誌的粉紅色巨大logo，Oli雙腳併攏坐在布幕前的黑色細鋼管椅上，唱著慵懶美麗的曲子。每當走音或忘詞時，她就會閉上眼睛痛苦地皺起眉頭，浮現出她是多麼用心的表情。當觀眾喊出「加油——」時，她就露齒嫣然一笑，那個笑容很配啦啦隊女郎的紅、藍鮮豔T恤。

蜷川緊盯著Oli粗糙的表演，連一個微笑都沒放過。

「感謝大家今天的光臨，這是我第一次現場演出，可是，啊——感覺好舒服。各位有沒有很High呢？有吧——你們的汗水味都飄到舞臺上來了，呵呵！啊咧，仔細一看，男觀眾很少呢，好意外。」

Oli轉身面對那個DJ。

「寫信支持我的粉絲，是男生比較多呢——」

可是，那個ＤＪ還來不及回話，她又轉向了觀眾。

「男生們，一起喊『耶──』！」

Oli 吶喊著，活力十足地跳躍起來。粗獷的歡呼聲四起，男粉絲們也跟 Oli 一樣跳躍起來。可是，蜷川沒有吶喊，而且不動如山。他瞪眼直視著舞臺，牙齒緊緊咬合，縮起下巴。看著 Oli 的眼神，是饑渴的眼神。我好想湊到他的耳朵旁，小聲跟他說「Oli 連看都沒看你一眼」。

「如果發生地震就好了。」

他呻吟般地喃喃自語，沒能逃過我的耳朵。我側耳傾聽，從 Oli 在兩首曲子間的談話，與觀眾不時發出的高亢笑聲的間隙傳出來的聲音。

「當其他觀眾慌慌張張衝向出入口時，我就一個人爬上舞臺，拯救被頭上搖晃的照明器材嚇得動彈不得的 Oli。」

可是，他的眼神充滿了絕望，因為他知道絕對不會發生地震。在這麼多人圍繞的興奮中，蜷川是孤獨的。我可憐他的心情油然而生，但另一種相反的激情也以同樣速度將我拉出那種情境。於是，我想看蜷川受傷的表情，想讓他變得更可憐。

這時候，有人拉住我的手，是絹代。她把嘴巴靠近我耳邊，說：

「不要老看著蜷川，偶爾也看一下舞臺吧？」

她用對我沒轍，但很開朗的聲音說。我看看她，她竊笑著，又說了什麼，但四周太吵我聽不見。看我搖頭，她又湊到我耳邊來，直接地說：

「小初，妳真的很喜歡蜷川呢。」

絹代一副很感動的樣子，嬌羞地猛拍我的肩膀。我不禁悚然。「喜歡」這個詞，與我現在對蜷川所抱持的感情之間的落差，令我悚然。

聽完所有安可曲，走出外面，天都已經黑了。剛才在同一個箱子裡狂歡的人們，彷彿從未有過交集的陌生人，灑脫地離開了表演會場。

「我對 Oli 這個人不熟，可是，看得很開心。」絹代邊重綁掉出太多鬢角的馬尾，邊哼著 Oli 唱過的歌曲。剛才好幾首不絕於耳的歌，我一首都想不起來了。

「大家都往車站走呢，我們也跟著人潮走吧，會像廟會一樣很好玩吧。」

絹代這麼說，雖然大半人潮都流向了通往車站的大馬路，卻還是有人從我面前經過，小跑步衝向表演會場後面。不只一組人馬，好幾個小團體吱吱喳喳地走向裡面。

「那些人在幹什麼啊？是不是忘了東西？」

有點恍神的我不知道該怎麼回答她，只是一直盯著那些人看。

「……不對，他們不是忘了東西。我知道了，他們是去休息室門口，等 Oli 出來。」

蜷川說完，立刻以迅雷不及掩耳的速度追上那些人。我還來不及思考，身體已經不由自主地跟在他後面跑了。

「等等，小初……」

絹代叫住我，可是我的腳停不下來。從表演會場轉彎後，地面從柏油路變成沒鋪過的砂石路，應該是表演會場後面用來當停車場的地方早已擠滿了人。我跟蜷川踮起腳來，往那道人牆望過去，看到後面的小門還關著，Oli 好像還沒出來。門兩旁站著警衛，戒備森嚴。一輛車停在離休息室幾公尺外的地方，車窗貼著看不見裡面的隔熱紙，粉絲的隊伍一直排到那輛車附近。粉絲隊伍前面有一條繩子，還有幾個負責接送的會場工作人員站在繩內。蜷川的眼睛布滿血絲，直盯著表演會場緊閉的後門。他只能用眼睛看，我也只能用眼睛看；這種光是用眼睛盯著看的行為，該稱為什麼呢？

我喜歡盯著 Oli 看的蜷川。

「不趕快走，會趕不上最後一班公車哦。」

追上來的絹代，氣喘吁吁地說。

此時，門開了，警衛走向前一步。周遭粉絲們，紛紛準備好相機。瞬間安靜下來。Oli 終於從建築物出來了，粉絲們發出比表演秀時更瘋狂的吶喊聲。她跟我在無印良品見到的她不一樣，散發著光彩。身穿 T 恤、牛仔褲，頭髮隨風飄曳，大步瀟灑地走過來的她，個子真的很高大。滿臉的笑容，莫名地給人一種安心感，彷彿會聞到一股剛出爐麵包般的香味。女粉絲們驚聲尖叫，伸長了手，把花束拋給往繩子走來的 Oli。Oli 像抱著嬰兒般用兩手抱著大花束，露出溫柔的笑容，看著搖曳生姿的花朵。

身旁的蜷川像突然被 Oli 拉走似的，踉踉蹌蹌地往前走，走到包圍 Oli 的人群前，想用雙手撥開人牆。可是，粉絲們對 Oli 著了魔，怎麼撥也撥不開。蜷川於是用力推開了擋在他前面的女孩，女孩一個搖晃，細肩帶滑落下來，她拉起細肩帶，破口大罵「你幹嘛啦」。

「蜷川，不要這樣。」

絹代拉住他衣服的袖子，企圖阻止他，但他甩掉絹代的手，以越來越粗暴的動作，推開粉絲們往前挺進。

「小初，妳最好阻止他。」我茫然地對不安的絹代點點頭。對，我得阻止他，可是身體卻不聽使喚。第一次想突破自己的膜的他，是那麼遙遠，遠得讓我駐足。

蜷川身陷於被他推開的粉絲們的怒罵聲之中，他和 Oli 之間只剩下一條繩子的距離了。

然而，Oli不但不害怕，連驚訝的表情都沒有。她還是保持笑容，瞄都沒瞄蜷川一眼，但一定用眼角餘光看到了他。她邊揮手邊轉了個大彎，避開蜷川所在的地方，繼續往前走。蜷川才踏進專為Oli準備的走道一步，就碰到了工作人員這道牆。他們穿著背後印有公司名稱的T恤，像用剪刀剪開虛線部分般，把蜷川跟Oli徹徹底底地隔開來。

「喂，你這樣不行哦。」

當工作人員把蜷川從人群中揪出來時，Oli已經鑽入準備好的車子裡，從窗戶向粉絲們揮手，帶著笑容離去了。

「下次來送她時，如果再那麼粗暴，我們會請警衛把你攆出去。」

工作人員用冰冷的聲音說。蜷川就這樣被工作人員還有Oli，冷靜地「處理」掉了。襯衫領子被絹代拉扯得凌亂敞開著，他也不管，眼睛呆滯，神情茫然。看到這樣的他，我只覺得舒服到不行。還希望他被罵得更慘、被修理得更不堪。

勉強趕上了回家的電車，但到達目的站時已經沒有公車了。我家跟絹代家都離車站很遠，不可能走路回去。

「往我家的公車已經沒了。小初，妳呢？」絹代去另一個公車亭看完時刻表後，帶著疲憊的神情走回來。

「我的車也走了，三十分鐘前最後一班開走了。」

我環顧四周，這個公車亭位於車站正後方，周邊一片漆黑，只有一盞街燈豎立在公車亭旁邊，照射出勉強可以看到時刻表的昏濁燈光。沒有一輛車通過。公車站後面是一片空地，雜亂張貼著無數色情廣告的牆壁，把長得比人高的雜草阻斷在牆內。堆滿不要的電器製品、故障機車的空地，飄來陣陣草叢熱氣與糞便味。草叢旁的電線杆上，用鐵絲掛著一個看板，上面寫著斗大的紅字「小心色狼！」。

「要睡在這裡嗎？」

「怎麼可能，我要打電話回家，叫家人開車來接我。我爸爸應該已經回家了，小初也跟我一起搭車回去吧。」

蜷川不知道有沒有在聽我們說話，他蹲靠在牆上，好像被丟在空地上的大型垃圾。

「絹代，等一下。喂，蜷川，從這裡可以走路到你家，我們兩個去住你家吧？」

我看著那樣的蜷川，就不由得說出了這種話。他抬起被頭髮蓋住一半的臉看著我。

「住我家？」

「對。」

「這麼晚突然去打擾，對他的家人不好意思吧？蜷川好像也很累了，我們還是回家吧？」

絹代喃喃說著，顯得很困惑。她說得沒錯，可是，我總覺得不該把蜷川一個人留在這樣的夜晚。

「沒關係，妳們兩個都去我家吧，走。」

蜷川站起來，開始往前走。

「那麼小初，妳去他家住，我就在這裡跟你們說再見吧？」

「為什麼？」

「因為……啊，可是，小初一個人去住，會嚇到蜷川的爸媽吧？那麼，好吧，我也去。」

我們三個人走在街燈寥寥可數的坡道上。蜷川走在前頭，我們跟在他後面；他邊撕著黏在鞋底下的色情廣告貼紙，邊帶著我們往他家走。

蜷川家的窗戶還亮著燈，感覺上比白天陽光照進來時還亮。可能是開著窗戶吧，可以聽到播報棒球的聲音。蜷川打開門，我們三人一起進去，昏暗的玄關就顯得很窄了。

「對了，今天得向伯母打聲招呼才行。」為了避免撞到兩邊的蜷川跟絹代，我縮起身子來脫涼鞋，邊小聲跟蜷川說。

「沒關係，太麻煩了。只要小聲穿過走廊，直接進我房間就行了。」

「等一下——這樣不好吧。」

客廳裡傳來電視的聲音，絹代毫不猶豫地打開了客廳的障子拉門。裡面有伯母，還有另外一個人。絹代向他們說明，因為沒有公車了，所以回不了家。伯父、伯母點頭回應絹代的話，臉上沒有任何笑容，只說了一句「要打電話回家哦」。我只從障子拉門角落探出頭來，結果還是沒好好跟他們打招呼。蜷川甚至連客廳都沒看一眼，在昏暗的玄關等絹代跟他父母說完話。我跟絹代聽從他父母的指示，打電話回家時，蜷川走進屋內深處，沒多久，又扛著棉被出來了。

我們穿過窄長的走廊，爬上一開中庭門就會赫然出現的突兀樓梯，進入蜷川的房間。我已經習慣了這個房間，但絹代驚叫著：

「好像隔離房哦！」蜷川把扛來的棉被扔在榻榻米上。

「我睡我平常睡的墊被，小倉同學和長谷川同學就一起睡在這張墊被吧。對不起，只多鋪一床，因為這個房間只鋪得下兩床墊被。」

我們坐在榻榻米上喘了一口氣。在表演會場跟那麼多人摩肩擦踵，搞得我們汗水淋漓，散發出油脂的味道。

「身上都是一堆人的汗臭味！那場演唱會幾乎都是女觀眾，這個味道竟然不輸給男生，快去洗澡吧。」

絹代聞聞自己手上的味道後說：

「可以借用你家的浴室嗎？」

「沒問題，剛才妳在跟伯母說話時，我已經問過蜷川了。請房間主人蜷川先去洗吧。」

「我不洗了，我已經不行了，現在去洗會睡著。」

「你打算一身汗鑽進棉被裡？」

絹代瞪大了眼睛。

「要不然我去陽臺睡。對不起，晚安了。」

蜷川搖搖晃晃地站起來，走到房間外一個榻榻米大的狹窄陽臺，關上了陽臺落地窗。

「怎麼辦？我把房間主人趕出去了。」

「不要管他，他現在很累。」

「也難怪啦，做出了那種事當然會累啊。」大概是想起了在休息室外發生的事，絹代嘆了一口氣。

最後絹代先去泡澡，接著換我進去淋浴。好不容易把身體沖洗乾淨了，卻還是得穿上汗溼的內衣和T恤，但感覺清爽多了。我們邊用借來的浴巾擦拭頭髮，邊走回二樓的房間。

我跟絹代一起鋪墊被，剛洗好的身體還熱呼呼的。被子裡夾著一條漿得很平整的客用床單，我們也把它攤開來鋪上。我想蜷川應該還是會進來睡，猶豫了一下，還是跟絹代一起把他的墊被從櫥櫃拿出來鋪好。他說得沒錯，這個房間只夠鋪兩床墊被，榻榻米完全被墊被淹沒了，房間瞬間變成白色世界。我像溜冰般滑入乾淨潔亮的白色床單上躺著。布料像初生嬰兒裹布的毛巾被，有令人懷念的氣息，把頭埋在裡面的感覺好舒服。坐在我腳邊的絹代卸妝後，恢復國中時的小眼睛。

「肚子好餓——對了，小初，我們沒吃晚餐呢。」

「對哦，打開冰箱看看吧，說不定有什麼吃的。」

打開迷你冰箱的小門，裡面有茶、寶特瓶裝的三矢蘇打、新產品的優格。碗盤跟以前一樣，還是冰在冰箱裡。我拿出優格、兩個玻璃盤子、兩根小湯匙，絹代立刻倒滿一盤子的優格，開始吃起來。因為太酸了，我不是很喜歡優格，所以把附在優格蓋子上的砂糖，撒在盤子裡，用手指沾著吃。

房間裡只有絹代舀優格時湯匙撞擊盤子的聲音。很久沒有只有我們兩人一起了，我不知道跟絹代說什麼才好。

「蜷川把落地窗關起來了，房間好悶熱。」

絹代站起來拿遙控器，把冷氣機設定在最低溫打開後，又坐下來。帶著發霉柴魚味的冷氣向墊被吹過來。

「啊，怎麼會有娃娃，好可怕～」

絹代又慌慌張張地站起來，把擺在櫥子上的幾個木製娃娃以及裝在玻璃箱中的日本娃娃，一個個轉向背面。

「妳幹嘛這麼做？」

「妳不想在晚上醒來時跟她們四目交接吧？」

「現在那些背對著我們的木製娃娃跟日本娃娃好像隨時會回過頭來，這樣才更可怕呢。」

絹代把所有娃娃都轉向背面後，又走向書桌，抓起書桌上沒什麼特別的文具。我想絹代可能也有點緊張吧。好不容易在我身邊躺下，她又爬向書桌了。

「那是什麼箱子，好大哦——」

「啊，不准碰這個箱子。」

我倏地手腳並用爬到粉絲箱前面，擺出保護箱子的姿態，像洩了氣般癱坐下來。

「咦，為什麼？」我自己也不知道為什麼，就是對這箱子特別地喜愛。

「別問了、別問了，我們睡覺吧。」我伸長手臂拉電燈的繩子，房間整個暗了下來。我爬回絹代旁邊，躺下來睡覺。黑暗中，只聽見冷氣機送風的聲音。

「妳的情敵是偶像明星，對吧～」絹代突然在我耳邊潑冷水般說道。

「妳又突然說奇怪的話。」

「蜷川衝向 Oli 時，妳看起來很難過呢，小初。」

「我才沒有呢。」

「妳有。」絹代固執己見。或許，我的表情在我不自知中，反應出了我不曾察覺的心情吧。

我突然想到，在陽臺上的蜷川，現在正在想什麼呢？他的墊被空蕩蕩的，跟絹代兩人擠在同一床墊被上的我，總覺得那個空間好大。

「看到蜷川被罵，我也替他難過，但可以這樣住他家一起聊天，我還是很開心。啊——好想趕快告訴大家今天的事。」

絹代的話在黑暗中飄浮，一個念頭閃過腦海——大家？原來，我們現在這麼靠近交談，對絹代而言，她的世界卻還是她那個小團體的「大家」，而不是我跟蜷川。經過漫長的暑假，我跟絹代之間會拉開更大的距離吧？等到暑假結束後，就是令人喘不過氣來的第二學期了。兩堂課之間的十分鐘休息時間最痛苦，在喧嚷的教室中，肺部只能吸入一半的空氣，有種從肩膀開始僵硬的壓迫感。當班上同學聒噪地說個不停時，我總是坐在自己的座位上，翻閱下一堂課的課本，但其實一點興趣都沒有。我可以清楚想像，自己在這世界上最長的十分鐘休息時間，坐在位子上一動也不動，毫無表情地一點一點死去的樣子。

為了撇開那種不吉利的想像，我開始跟絹代聊起班上同學的事。我既沒有朋友，也沒有情報網，卻非常清楚班上的人際關係，讓絹代驚訝不已。可是，我們兩人都很睏了，說得有一搭沒一搭。不久後，絹代的聲音越來越微弱且斷斷續續，最後變成和緩深沉的呼吸聲。書桌上，文字盤與指針塗著亮光漆的鬧鐘，指針指著近三點半。我很想睡，可是睡不著。蜷川還是沒有從陽臺回來，大概睡著了吧？我很想去看看他，但想到他應該是為了獨處才去了陽臺，又不想打攪他。

冷氣開太強了，露出毛巾被外的腳好冷。我小心不吵醒正在深呼吸的絹代，手腳並用趴在地上摸索冷氣的遙控器。在榻榻米上不斷觸摸，終於摸到鋪被底下有遙控器硬硬的感覺。我把遙控器高舉過頭，嗶一聲按下OFF鍵，送出冷風的低沉運轉聲停了下來。房間突然變得好安靜，只聽見絹代的呼吸聲。

我猶豫了一下，還是站起身來，走進窗簾內側，打開陽臺落地窗。臉霎時被悶熱的空氣包住，遠處傳來蟲子微弱的叫聲。我撥開掛在眼前的牛仔褲與毛巾，赤腳踏進陽臺。陽臺上已經不是黑夜，完全陷入了黎明的暗藍灰色中。

蜷川不見了。不，他在。他背對著我，像逃避什麼似的把身體縮成一團，無力地癱在陽臺的一角。

「你沒事吧？」我搖搖他，他低聲回應我說：「我沒睡。」

「還是進房裡去吧，陽臺太熱了。」

真的，為什麼這麼熱呢？我已經汗流浹背了。我環顧四周，立刻找到了原因。

「啊，冷氣！」

冷氣已經關了，但龐大的室外機風扇，還骨碌骨碌旋轉著。從晚上到現在，蜷川一直承受著風扇吹出來的強烈熱風。

「冷氣已經關了吧？既然這樣，我就在這裡待到早上囉，我懶得動了。」

蜷川動作遲緩地從陽臺角落移到陽臺與房間的交接處，坐了下來。我也把吊掛著的衣服盡量推到曬衣竿盡頭，在他旁邊坐下來，默默眺望著外面。

外面的黑暗逐漸稀薄，粒子粗大的景色緩緩擴散開來。原本在黑暗中只看得見形狀的房子細部——窗戶、安裝在屋頂上的天線等等的輪廓，漸漸清晰起來。藍色的屋頂磚瓦、藍色的曬衣竿，那些藍看起來比一般的藍還老舊。蜷川打了個噴嚏。他薄薄的眼瞼、薄薄的嘴唇，還有眼睛跟嘴巴，都彷彿是在皮膚上用利刃一刀劃出來的。他像隻漠然盯著某處看的貓，面無表情。

雖然看著同樣的景色，但是，我跟他想的事情一定不一樣。我們一起待在天空和空氣都被染成了美麗藍色的地方，卻完全不了解對方。

穿著睡衣的老先生經過房子下面的馬路，把垃圾袋放在電線杆下就走了。早晨開始了，一個不算徹底睡眠不足卻無精打采的早晨。天空漸漸泛白，氣溫也逐漸升高，從這樣的早晨，就可以想像中午會有多麼悶熱。刺眼的朝陽，讓我覺得倦怠。

「謝謝妳陪我去聽演唱會。」

「沒什麼，反正閒著也是閒著。」

「我在理科教室聽到長谷川同學說『我見過這個模特兒』時，還覺得『我被設計了！』。」

「被設計了？被什麼設計了？」

「被某種很大的東西……被大型整人計畫設計了。」

蜷川做出一個我不是很懂的動作——用雙手劃了個大圈圈。在陽臺微髒的牆壁與白色天空的背景下，蜷川被風吹動的蓬亂頭髮，鮮明地黑到了髮尾。

「那是遭到電擊，全身毛孔都打開來的感覺。

「……啊——啊，我啊，在表演會場的休息室外而完全失控，還挨了一頓罵，簡直就像個怪人。」

他自言自語般喃喃說著，露出神色黯淡的微笑。

「我覺得接近 Oli 時，反而是她離我最遠的時候。比起蒐集她的片片段段，放入箱子那段時間，都還要遙遠。」

我等著聽他說下去，但他沒再說什麼，背向我躺了下來，好似在告訴我「睡覺吧」。

將石頭丟入河川淺灘時，河底的沙子會浮上來，使河水變得汙濁。「那種感覺」就像這樣從心底浮了上來，汙濁了我的心。我想踹他、弄痛他——用比所謂的愛還要強烈的心情。我悄悄伸出我的腳，把腳尖貼在他背上，然後用力一推，腳拇趾的骨頭發出輕微的「啪嘰」一聲。

「好痛，我的背好像撞到什麼硬硬的東西。」

我緩緩弓起了腳尖背部。

「可能是撞到了陽臺窗戶的窗框吧？」

蜷川轉過身來，難以置信地用手指摸著自己背後蒙上薄薄灰塵的細黑窗框，然後，又看了一眼我放在窗框上的腳。他在看，看我從大拇趾到小拇趾逐漸緩緩變短的腳趾頭上的小小指甲。我假裝沒看見，一副事不關己的樣子撇過頭去，吐出來的氣卻在顫抖。

〈欠踹的背影〉初刊載於《文藝》二〇〇三年秋季號

解說

# 「踹」意味著什麼

文藝評論家　齋藤美奈子

綿矢莉莎在二〇〇一年，還是十七歲的高中生時，以《Install未成年載入》獲得第三十八屆文藝賞，華麗出道。《欠踹的背影》是她的第二本作品，也是眾所皆知的第一百三十屆芥川賞得獎作品。當年，她十九歲。也因為與二十歲的金原瞳所著的《信蛇與舌環》同時得獎，所以給人的感覺甚至是刷新芥川賞最年輕得獎者紀錄的兩人，席捲了二〇〇四年的文學界。

就新人文學獎作品而言，《信蛇與舌環》也賣出了史無前例的八十六萬本，而《欠踹的背影》是一百二十七萬本[2]！據說刊登芥川賞的當期《文藝春秋》，銷量也高達一百一十八萬本，可見這一年有多少日本人看過《欠踹的背影》。在芥川賞的漫長歷史中，也只有石原慎太郎的《太陽的季節》（一九五六年）、村上龍的《接近無限透明的藍》（一九七六年），曾經如此轟動過吧。也就是說，從現象面來看，十九歲的作家綿矢莉莎的出現，是足以匹敵二十三歲的石原慎太郎與二十四歲的村上龍的「三十年一次事件」。

當然，若只談「暢銷的原因」，說起來很簡單。

大約就是（1）年輕作家的（2）出道作品或近似那樣的作品（3）且作家有個人魅力（4）以及描寫新時代的年輕人。

當以上條件齊聚，文學作品有時就會出現爆炸性銷售量。田中康夫的《水晶世代》（一九八一年）、山田詠美的《做愛時的眼

2. 截至本書出版時已累積銷量達一百五十萬本。

神》（一九八五年）、吉本芭娜娜的《廚房》（一九八八年），都是這樣。俵萬智的短歌集《沙拉紀念日》（一九八七年）雖非小說，但也可說是同類。

這樣的大暢銷並非處心積慮就能做得到（若是處心積慮就能做得到，文學界就會更興盛了），一切都只能說是偶然的產物。然而，就結果論，要說這些都是跨越各個時代的青春小說，也是事實。我的感覺是，日本人很喜歡青春小說。

那麼，《欠踹的背影》如何呢？

作者與獎項的相關訊息，在此只會礙手礙腳，請專注閱讀作品。主角是正就讀高中的高中生，所以是道道地地的青春小說。不，理應如此，然而是不是有種「咦，這是青春小說嗎？」的感覺呢？

故事裡有兩名主要出場人物。

首先是敘述者「我」。第一人稱的小說《欠踹的背影》，一以貫之都是從「我」的視角在敘述。請仔細看，在小說的開頭，她的五種感官就特別敏銳，尤其是聽覺和視覺。

孤寂發出鳴叫，有如高亢清澈的鈴聲，刺痛了耳膜，讓我的心糾結起來。我於是用手指將講義撕成長條狀，撕得又細又長，用紙張刺耳的撕裂聲來掩蓋。

如何？起首就是「唯獨聽覺特別突出的世界」。

或許有人會說「孤寂發出鳴叫」的形容太過文學，但她就是聽見了聽不見的聲音，為了掩蓋那個聲音，把紙撕成一條條長條狀，刻意製造其他聲響。

再往下一點，又出現了下述的場面。

回到自己的座位時，堆積在桌上的紙屑山已經不見，只有周遭地板上留下的斑斑白點。（略）／好不容易把撿起來的紙屑統統堆放在桌子上，為了不再讓風吹走，我趕緊趴在桌上，像母鳥守護著鳥巢般，用手臂環抱著紙屑山，臉部被紙屑的邊角搔得好癢。我將一側耳朵貼在有藥品味的桌上，閉上眼睛。霎時，從桌子傳來鉛筆芯描繪水蘊草時，透過紙面與桌面碰撞出的叩叩聲，震響著我的耳膜。其他還有顯微鏡嘎喳嘎喳移動的聲音、說話聲、開懷的笑聲。但是，我有的只是紙屑與寂靜。

「像母鳥守護著鳥巢」的形容，也象徵著「我」面對周遭環境的姿態，視覺、觸覺、嗅覺、聽覺大動員，讓人眼花撩亂。

此類形容頻頻出現在《欠踹的背影》裡，「我」對通常會被忽視的聲音、影像、味道十分敏感。

她的五感會如此敏感的理由很簡單，因為她是孤立的。因為孤獨一人、因為無人理睬，自然會把注意力轉向微小的聲音、特寫影像、淡淡的氣味。雖然小說裡使用的表現是「多餘的人」，但想必她也察覺到那種孤立並非微不足道的孤立。在理科教室分組時被排擠、沒有一起吃便當的朋友、在田徑社團也沒有可以聊天的人……以高一的女生來說，這些絕對是無法想像的狀況。若是比較脆弱的孩子處於這種狀況，大有可能拒絕上學或輕生。

然而，生性乖僻的她，卻不想用「漠視」、「霸凌」等淺顯易懂的詞彙來解釋這種狀況。因此，她呈現出來的是口是心非的態度。她厭惡這樣的自己，卻無力改變自己。

接著，故事裡還有另一個「多餘的人」——同班的男孩蜷川。他所處的狀況幾乎跟「我」一模一樣，他卻毫不在意自己所處的情境，甚至完全沒有為這件事煩惱的樣子。看在廣設感應器的「我」眼裡，當然會想「你怎麼可以這麼不在乎」。

這無疑是「我」會對蜷川產生興趣的開端，蜷川既是「我」的分身、鏡子，同時也是一大謎團。

蜷川可以對孤立毫無感覺，是因為他深深著迷於 Oli 這個模特兒，眼裡容不下其他東西。

熟諳人情世故的絹代，替他冠上了「偶像宅」的稱號。其實，那應該是近似思春期前後常見的古典派疑似戀愛。大家在中小學時代，都曾對電影明星、偶像藝人有過類似戀愛的情感吧？要經歷過與現實人物的戀愛情感，才能告別那種虛擬的愛情（然後遺忘）。蜷川這個名字會半帶日文平假名，寫成「にな川」，或許就是意味著以高中生來說，他還稍嫌稚嫩。

「我」因為無法融入周遭環境，不得不朝外廣設感應器（＝五感），而蜷川正好跟「我」相反，把所有感應器（＝五感）都朝向了Oli。同樣是「多餘的人」，卻各自活在完全不同的空間裡。說起來，這兩人也太不符合「春青小說的主角」了！

同樣描寫十多歲的世界，《欠踹的背影》卻跟其他作品劃清了界線。其中之一的原因就是拒絕被納入「青春小說」，並貫徹到底的態度。

請各位想想，孤立的十多歲男女，為了填補彼此的寂寞而相互吸引、走在一起的故事，已經多到爆了。

以「我」身邊的絹代所屬的世界為例，若是擁有很多男生、女生朋友的絹代，不知能寫出多少纏繞著戀愛和友情、更像青春小說的故事；田徑社那些成員們也一樣，不知能寫出多少滿載汗水、淚水、快樂暑假回憶的「青春小說」。

那麼，小初和蜷川又如何呢？有個地方把他們兩人的關係描寫得淋漓盡致，那就是蜷川在他的房間裡聽收音機的場景。

當蜷川聽著 Oli 的廣播節目聽得入迷時，「我」打開了塞滿蜷川寶物的粉絲箱，被拉進了甘甜香水味與 Oli 周邊商品的世界裡。一邊是沉溺在聽覺世界裡的蜷川；一邊是被嗅覺與視覺魅惑的「我」，光是這樣就能看出兩人各自置身於不同的世界裡。然而，那之後她竟採取了出人意表的行動。

好想給這憂鬱蜷曲、毫無防備的背部一腳，好想看蜷川疼痛的樣子。驟然綻放的全新欲望，像閃光般瞬間刺痛了我的眼睛。／剎那間，腳底有了非常真實的背骨觸感。

她為什麼踹了蜷川的背部？

可以有很多種解釋。有個毫無根據的說法，就是一種性的衝動。會把性轉化成暴力的男生是有（還超級多？），但是以前的日本文學有過以這種方式發洩衝動或一掃滿腹悶騷的女生嗎？不論她在學校有多孤立，終究都是田徑社的選手。她竟然用那樣的腳，踹了男生。

而且從那天起，「我」的感應器就換成了其他運作方式。對蜷川的「冷熱交加」是這樣；大叫「唾本，你話很多耶」是這樣；提議「我們談談Oli之外的事吧」也是這樣。那之後，她去探望感冒的蜷川，又做出了第二次衝動的舉動（至於是什麼舉動，就請參照主文了）。然而若是所謂的青春小說，這樣的舉動會有更羅曼蒂克的進展。

不只綿矢莉莎，閱讀這個世代的作家的小說，我經常會有種「逞強」的感覺。由「逞強」的敘述者操控的小說都很精準周密，又風趣好笑，處處可見當世代的日文用語，所以乍看會覺得很輕鬆。然而，掀開面紗，有不少是靠「逞強」來掩飾沉重、悲慘、無處可逃的狀況。

《欠踹的背影》的這種傾向也很強烈，甚至以「逞強」的姿態來描述青春期特有的性衝動，因此可能無法傳達隱藏在這本小說深處的纖細與過激。

《欠踹的背影》沒有性愛、毒品、穿洞、自戕等畫面。敘述者「はせ川」（蜷川這名字一半用日文平假名來寫是「にな川」，長谷川就是「はせ川」）與「にな川」，在與同世代的交往上，恐怕都很「白目」。然而，也正因為如此，這兩個「白目的高中生」